爱·情·物·语

是谁送你香吻

积雪草 著

中国社会出版社
国家一级出版社★全国百佳图书出版单位

图书在版编目（CIP）数据

是谁送你香吻 / 积雪草著. —北京：中国社会出版社，2013.3

ISBN 987-7-5087-4310-3

I.①是… II.①积… III.①散文集—中国—当代 IV. ①I267

中国版本图书馆CIP数据核字（2013）第019527号

书　　名：是谁送你香吻
著　　者：积雪草
责任编辑：侯　钰

出版发行：中国社会出版社　　**邮政编码**：100032
通联方法：北京市西城区二龙路甲33号
编辑部电话：010-66080360
邮购部：010-66061078
销售部：010-66080300 / 66085300　传真：010-66051713
010-66083600 / 66080880　010-66080880
网　　址：www.shcbs.com.cn
经　　销：各地新华书店

印刷装订：北京市优美印刷有限责任公司
开　　本：145mm × 210mm　1/32
印　　张：7.25
字　　数：220千字
版　　次：2013年7月第1版
印　　次：2013年7月第1次印刷
定　　价：26.00元

CONTENTS | 目 录

爱情的春天在哪里

一

遇到周扬的那年夏天，我刚从一家中等专科管理学院毕业不久，在一家死气沉沉的小公司里做着一份有我不多、没我不少的行政管理工作。

因为一个好友快结婚了，所以休息时，拽上我去博览中心看家具展览。为了招揽生意，各个参展商都挖空心思，想尽办法，吸引顾客的眼球和注意力。有的摊位甚至招聘真人扮成各种卡通动物，每天一百元酬金，但因为是夏天，天气炎热，所以很难招到人。我一时童心大起，跑到一个展位前，扮成了抱抱熊的样子。

刚刚扮好，就被一群刚进来的孩子围在中间，揪耳朵的，扯腿的，拽尾巴的，没用一刻工夫，在孩子们的围攻下，我便倒在地上爬不起来。这时候不知是谁伸过一只手，一把把我从地上拉起来，然后帮我把抱抱熊后面的拉链拉开，我才得以喘口气。

转过身我看到周扬，他对我笑笑，露出一口好看整洁的牙齿，伸手递过来一瓶矿泉水，我感激地说谢谢！他摇了摇头，问我，你是学生？利用暑期出来打工？我亦笑了，调侃道，有我这么老的学生吗？他还要说什么，被身边的一个女孩叫住，说周经理，有一个客户非要见你。他冲我摆摆手，一边接听手机，一边转进展台里边。我意兴阑珊地扒掉身上厚重的装扮，一百元也不要了，因为我根本不可能坚持一整天。走出几步，我下意识地回头，看到周扬正握着电话对着我的背影发呆。

没过多久，我去医院看望一个生病的朋友，在街上遇到周扬，他老远就指着我叫，小熊！小熊！把我叫得莫名其妙，回头问他是叫我吗？他说是啊，在博览中心，抱抱熊！天，他不说这事儿我都忘了。我们两个人一起笑了起来，笑得撑不住，索性靠在人行道的银杏树下，彼此交换了名片。

那天，在那棵银杏树下，我们不知不觉地聊了四十分钟。他是那种善解人意的男人，说话很温柔，老实，厚道，比我大三岁，在一家家具公司做销售，在繁华的商业街上还有一家专卖店。他知道我的名字叫戴尔，却依旧喜欢叫我小熊。

行人如水一样，纷纷从身边流过，我和周扬却沉浸在自己的世界里。分别的时候，周扬在耳边做了一个打电话的动作，我欢快地跳上2路汽车，我知道我爱情的春天不远了。

怀着无比纯净的心和周扬交往，一起吃饭，一起逛街，一起跑到附近的大学听销售管理的专业讲座，一起听一些经过时间淘洗的老歌。总之，我没有发现他有什么不好，除了偶尔会表现出一点优柔寡断之外，其余几乎都符合我理想中对异性的要求。不管做什么事儿，他都会征求我的意见，直到我点头为止。有时候我觉得他有些婆婆妈妈，但反过来又一想，他可能是因为喜欢我，在乎我才会这样，所以和他相处，我没有压力。

有一次，他开着帕萨特送我回公司，尽管在离公司老远的路口就停下来，但还是不小心被同事看到。同事打趣，说戴尔这段时间整天傻乎乎地乐，原来是恋爱了。我抿嘴儿乐，也不解释什么。

相处的时间久了，我才知道，周扬所在的家具公司，是他母亲开的，也就是说，他在给他的母亲打工。

上班时间，很突然地，周扬给我打电话，没有了往日的坦然和平静，声音紧张得有些发抖，他问，你明天有时间吗？我妈说，她想见你！我笑了，说，周扬，你为什么不提前告诉我啊？我也好有心理准备。周扬吞吞吐吐地说，上个星期我们在“上岛”喝咖啡，刚好我妈约了人在那里谈事儿，看到我们在一起，回家就问我你是谁，她非要见你，我拦不住。

我抱着电话，说，周扬，不是我不想见你妈，公司安排我到上海出差，要一个星期才能回来，回来之后我请你妈吃饭好不好？地方你们定。

挂了电话，我长长地舒了一口气，俗语说，丑媳妇，终要见公婆，看来我是逃不过这一劫了。

一周之后，从上海回来，我一边忐忑不安地设想着和周扬的母亲见面的场景，一边准备想要穿的衣服，想要戴的丝巾，我想给周扬的母亲尽可能留下好一点儿的印象，一边把上海之行的结果做成书面材料，也好向老板交差。

二

周一早晨，刚刚走出电梯，还没来得及站稳脚跟，同事小张便匆匆附在我的耳边说，戴尔，办公室里来了一个老女人，说是找你的，凶巴巴的，你不是借了人家高利贷吧？小心点哈。我在小张的肩膀上拍了一巴掌，笑道，死丫头又胡说，小心我收拾你。说是这样说，但心中难免狐疑，是谁大清早跑到办公室里来找我呢？

进了办公室，果然看见一个女人坐在沙发上，戴眼镜，穿着薄呢套装，头发打理得整齐干净，手指白皙修长，没有留长指甲，优雅得体。我打量她，她亦打量我，她问，你是小戴吧？我是扬扬的母亲，想和你谈谈。

我拘谨得手脚都没有地方放，刚说了一句，江阿姨，我在上班……马上被她给打断了，她一下把声音提高了八度，吓了我一跳，说，小戴，躲过初一，躲不过十五，我们的问题总是要解决的。

很多同事抬头看我，我窘得眼泪快要掉下来，转身去跟老板请假，老板有些不高兴，头都没抬，说，戴尔，以后不许把私事带到公司解决，这样影响多不好？你去吧，下不为例！

我轻轻擦掉腮边的泪，我怕同事看到我哭了，也怕周扬的母亲看到我哭了。我不想让他们看到我的软肋。

我拿起包跟着周扬的母亲去了街边的茶坊。周扬的母亲冷着脸，看茶杯里起起落落的茶叶，半天都不曾抬头看我一眼，我委屈得眼泪在眼中打转，我有什么错？她如此待我？如果我有错，就是因为我爱上了她的儿子？

半天，她抬起眼，从包里掏出一叠人民币，推到我跟前，用冷漠不屑的口吻对我说，小戴，这点钱你拿着，别再纠缠扬扬了，扬扬是个单纯的孩子，他玩不过你。

我呆住，我从来没有想跟周扬玩什么阴谋诡计，我一直小心地呵护这份感情，这是从何说起？我努力维持风度，说，江阿姨，我和周扬是真心相爱的。

周扬的母亲轻蔑地笑了，用食指推了一下鼻梁上的眼镜，用非常好听的声音说，你这种小丫头我见多了，要学历没学历，要脸蛋没脸蛋，又不肯努力工作，却偏偏长了一颗贪婪的心，难道还窥探我那点家产不成？听我的话，趁早跟扬扬分手，找个门当户对的人过日子，比什么都好。

我"腾"地一下站起来，带翻了桌子上的茶杯。她轻视的语气、蔑视的态度一下子激怒了我。她优雅地对我笑，别这么大的火气，对皮肤不好。我顾不得什么体面，深深地吸了一口气，调匀了气息，冷冷地说，叫你一声江阿姨，是因为我爱周扬。我是没钱，可是我是一个朝九晚五、自己辛苦挣钱买穿戴的女孩，请你尊重我，也尊重你儿子，尊重我们的爱情。第一，我并不知道你有钱没钱，你有钱没钱都与我无关。第二，别以为有几个钱就可以为所欲为，就可以买断我对周扬的爱情。我不会那么轻易放弃。第三，我要用自己的能力证明给你看，没有你的钱，我们一样可以过上你那样的生活。

说完，没等周扬的母亲发威，就拂袖而去。

以为周扬会找我解释这件事情，他毕竟应该给我一个说法，等了几天，他都没有给我打电话，无奈，我只好打电话给他。电话里，他像一只蚊子在小声哼哼，说，我妈把我监控了，我的一言一行都在我妈掌控中。我妈说，不许和你来往，过几天，我再偷偷溜出去看你。

放下电话，我叹了一口气，我不知道我爱这个男人什么，也不知道是爱对了还是爱错了，他是那么怯懦地爱着我，让我觉得难受，窒息。

终于在街心花园见到他，我们背靠背地坐在长椅上，我看着远处的蓝天问周扬，我们是不是该分手了？周扬叹了口气说，我妈说，你不是个简单的女孩子。我妈说，我最好离你远点儿。

我一下子恼怒起来，冲他吼道，你妈说你妈说，什么时候轮到你说？周扬红了脸，低下头，一声不吭，我又有点不忍。

事到今日今时，我不知道自己是舍不得放弃这份爱情，还是在跟周扬的母亲较劲。有多少人为了金钱为了事业为了生活，把尊严踩在脚下，而我，却为了在周扬的母亲面前证明自己的自尊，做着不停的努力。

三

权衡再三，我放弃了那家小公司的工作，尽管同事们对我很好，老板对我也不错，但这家小公司实在是没有发展空间。

刚好广州一家家具公司的分公司在招聘，我想都没想就去应聘，凭借着一张专科学院的文凭，凭借着还算过得去的英文功底，还有年轻不怕失败的冲劲，那家公司聘用我为销售代表。我从来没有正经地学过销售，也从来没有正经地做过销售，这对我来说，不能不说有很大的难度。何况这家家具公司刚好是周扬他们公司的死对头，和周扬他们公司对着干，抢市场，抢客户，竞争达到白热化。

这期间，我和周扬的感情一直处于地下状态，我们瞒着他的母亲继续交往。周扬听说我去了那家家具公司，他垂头丧气地说，这下完了，我妈知道了，还不宰了你，我们之间就更没有可能了。小熊，你别去那家公司做了，就算为了我，好不好？

我安慰他，怕什么啊，有我呢，我要干出一番事业，挣很多钱，然后把你娶回家。周扬无精打采，苦笑着在我的鼻子上刮了一下。

进公司半年以后，我销售方面的才干很快显露出来，销售业绩在业务员中遥遥领先。加上以前我是做办公室管理工作的，打字，整理材料，应酬客户，接待外来人员，公司那点事儿没费什么工夫就应付自如。

但是分公司的欧阳副经理，是个道貌岸然的家伙，明里好像处处支持协助我的工作，暗地里却做手脚，让一个与他关系暧昧的业务代表撬走我的客户。看着这个明里笑得一朵花儿似的，脚下却使绊子的男人，这口气我无论如何忍不下去。

我知道这一切都是因为分公司里空出一个经理的位子，按能力和业绩，我都是那个欧阳副经理最有力的竞争对手，因此他处处打压我。分公司远离广州总部，即便有人不按常理出牌，山高皇帝远的，谁也不能把他怎样。

那段时间，我心情空前郁闷，见到周扬，放低姿态问他，我们结婚吧，你娶了我好不好？远离职场的旋涡，远离无风还起三尺浪的办公室，做你的全职太太就没这些烦恼了！

我知道自己是在逃避，我也知道周扬不是我的避风港，果然，他结结巴巴地说，小熊，不是我不想和你结婚，我得回家问问我妈。她老人家总是教导我说，一个男人必须先立业，然后再结婚，我觉得也对，你说呢？你等我好不好？我一定会娶你的。

我摇了摇头，淡然地笑了，问他，等你到什么时候？他张口结舌，答不上来。我又问，是不是因为你妈没有告诉你，你不知道怎么回答我啊？周扬窘得脸色难看，像喝醉了酒一样。

就是那时候，我对周扬的感情产生了怀疑，他不是一个能够在我困难的时候给我支持、在我受伤的时候给我温暖的怀抱，他不是在我流泪的时候给我坚实的臂膀的男人。他像一个没有长大的孩子，所有的事情都由母亲为他安排，他只需要接受，他还没有度过心理的断乳期。

我和他的感情中，始终有“第三者”介入，哪怕这个人是他的母亲，也是我不能容忍的。

之后的日子，我把所有的精力都投入到工作中，那年年底，我以华北地区销售业绩第一的成绩，当上了分公司的经理。在市区买上了三室两厅的房子，开上了公司为我配备的车。

没有想到，为了拿到一个外国知名品牌的代理权，在中山路商业区最知名的大厦里与周扬的母亲狭路相逢。周扬的母亲看我的时候，仍然是那种高高在上的不屑，然而这时的我，已经能做到心平气和地面对她，甚至微微地笑着看她。渐渐地，她的目光虚弱下来，看着别处。

最后，我以绝对的优势，拿到了那个品牌的独家代理权，签约的前一个晚上，周扬来找我，隔着一张小小的玻璃茶几，我觉得周扬离我那么远，耳边依稀听到以前他和我在一起时的声音，他叫我，小熊，小熊……

可是现在，一切都不一样了，我的眼睛渐渐潮湿起来。

周扬天南地北说着一些不相干的话，最后，他说，小熊，别跟我妈争那个外国品牌的代理权了，我妈同意我们在一起了，她希望我们能早点结婚，她也好多一个帮手。

我摇了摇头，说，周扬，我们不适合在一起。周扬急了，抓住我的手问，小熊，你不是一直盼着我能娶你吗？沉默良久，我说，抱歉，我不能嫁给还没有“断奶”的你。周扬皱着眉头问，没有“断奶”？我说，周扬，松开我的手，你弄疼我了。

周扬轻轻松开我的手，他的眼里写满了失望。

我在窗口看着他渐去渐远的背影，看着他一点一点融入人流，眼泪轻轻地漫上来。爱情的春天，对于我来说，其实还很远。

“色女”恋爱本纪

从来没有想过，周小卫会以这样的姿态介入我的生活。

周五破例没有出去跑客户，打算在公司的小餐厅里用餐。中午下了班，和一帮同事嘻嘻哈哈地去小餐厅，想不到，这个看起来和平常没有什么两样的中午，这个看上去阳光明媚的中午，却出了一件糗事，这回出丑出大了。

我喜欢听MP3，走路的时候，做事的时候，都会把MP3的耳麦塞进耳朵里，把MP3装进胸前斜挂着的一个小包包里，一边悠闲地享受着音乐，一边做着手里的事儿，去小餐厅吃饭也不例外。财务科一个叫小曼的女孩，是和我一起进公司的，关系挺好，她过来抢我的MP3，说，听什么呢？这么聚精会神的样子，给我也听听。我说，疯丫头，别闹，乖乖吃饭去。她不肯，竟然动手抢，在餐厅里拉拉扯扯的，像什么话！无奈，我只好把MP3递给她，看着她像得着宝贝一样，摇头晃脑的，我只好对着盘子里的食物狠狠地下箸。

一个女孩路过我们身边时，声音高八度地尖叫起来，透着惊喜，天,这是谁的宝贝?怎么丢到这里?赶快过来认领啊!

我看了一眼,事不关己地转回头继续埋头吃盘子里的食物,忽然想起,她手中拿的东西,不正是老妈在我上班的第一天,口口声声要送我的礼物吗?并且美其名曰,青春期后期自我防护的正当手段。老妈宣布特赦令,上班了,可以谈恋爱了,送我一个包装精致的纸盒,上面清清楚楚地写着三个字:杜蕾丝。当时我还没正经地跟老妈调侃,我是好人家的女孩,规规矩矩的良家妇女,用不着这个。想不到老妈会把这个小东西偷偷塞进我的包里。

嘴里的饭,难以下咽,噎得我很难受,我的心狂跳不止,天,老妈是什么时候把这东西塞进我的包里的,我并不知晓,如果公然承认是我的,大家还不把我当成女色狼啊!可怜我窈窕淑女,一世清名,岂不毁于一旦?更何况长这么大,连个男朋友都没有,背上一个乱搞的名声,还怎么在这家公司里混啊?

众目睽睽之下,我真的没有勇气站出来承认那个东西是我的,好女孩谁会把安全套这样隐私敏感的东西天天带在身上?说是老妈送我的礼物,谁会信啊?当真是百口莫辩,急得我眼泪都快流下来了。

女孩嚷嚷,给大家做个广告哈,快乐无极限,安全有底线,这句广告词说的就是这个东西。餐厅里吃饭的人们陆续围拢过来,有人忍不住乐起来,有年龄大一点儿的人摇头叹气,说,真是世风日下啊,现在的年轻人啊,竟然把这东西也随身携带。我的脸像着火一样,恨不能此时有个地缝钻进去,心中暗暗地怪老妈,送我什么东西不好,偏偏就是这样一个上不了台面的东西,害得我在这里尴尬难堪。

女孩起哄似的还在嚷嚷,再没有人认领,我送到公司的保卫处好呢还是传达室好呢?

我胡思乱想着,想趁上厕所的机会偷偷溜掉算了,不料那女孩逮着我，笑嘻嘻地问，安子，是你的吗？我结结巴巴的，说不出话来，脸红得像喝醉了酒，刚想承认算了，反正我又没有干什么坏事儿，我怕谁？

周小卫这时候站出来，脸不红心不跳地说，别麻烦你老人家了，这个东西是我的。有男同事起哄，冲他眨眼睛，意味深长地笑，说，看不出来，你小子还这么时尚、前卫。

我和周小卫对视一眼，目光相撞的刹那，又迅速分开，脸上火辣辣的热，这叫什么事啊！心中不住地埋怨起老妈，这杜蕾丝非但没有保护我，反而把我害惨了，回家再跟她算账。好在有人主动替我背黑锅，使我不至于掉进同事们茶余饭后、飞短流长的旋涡中，我冲周小卫感激地点点头。

周小卫这个男人我并不熟，据财务科资深人士小曼交代，此人是新近调进我们公司的，羞涩内向，喜欢野外徒步，擅长电脑操作，公司里谁的电脑有个小毛病，他手到“病”除。

两天后，周一的中午，从公司的小餐厅出来，周小卫躲在门后探头探脑，看见我走过来，他跳出来拉住我，结结巴巴地说，安子，你有时间吗？我想跟你谈谈。

我吓了一跳，心想，这家伙不会因为一盒杜蕾丝纠缠上我吧？把我想成了那种简单随便的女孩，以为有机可乘？有便宜可占？

这样一想，心中便有怒气滋生，板起脸说，有什么话，你就在这里说吧！他环顾了一下，这里人多眼杂，说话不方便。

看他鬼鬼祟祟的样子，更加证实了我的猜测，反正我身正不怕影子斜，所以坦然地说，就在这里说吧，我还有事儿。

周小卫还没有开口说话，脸便红了，结结巴巴地说，那天本想把那东西还给你的，可是我妈打电话给我，说是有事儿，我就回家了，那东西也被我带回家了……

天，我窘得杀人的心都有，一对青春年少的男女，站在人来人往的过道上，公然谈论起杜蕾丝，社会再怎么发展进化，也不能连隐私都进化没了，我一把捂住周小卫的嘴，把他拖到墙角处，压低了声音，恶狠狠地对他说，别没完没了的，那东西我不要了。

周小卫一脸歉意地说，那天回家，小侄趁我看不见的工夫，把那东西当成气球，给吹爆了，对不起哈，下周有时间，我上街去给你买盒新的。

我哭笑不得，冲他瞪眼睛，对他嚷，别以为你帮过我，我就会感激你，我说过我不要了，你再提，我杀了你。说完这一句，我头都不回地快速逃离，因为我知道，此时的我们看上去更像两个鬼鬼祟祟的坏蛋。

这两天，想起这件事就郁闷，头疼，客户也懒得跑，朋友聚会也不敢去，总觉得有好多双眼睛都在盯着我似的，怕冤家路窄碰到周小卫。这家伙急切地要把杜蕾丝还给我，好像我没那东西就过不了日子似的。最要命的是，我没法跟他解释，这只是老妈给我上的青春期后期自我保护课，而非实战演习。没准他把我当成了色情狂，我怎么才能说清楚呢？

没精打采，也没心思工作，胡思乱想，想得头疼，老妈啊老妈，把我害惨了，正想打电话给老妈，借机也训她几句，忽然手机“嘀嘀”响了两声，一看有短信进来，周小卫的，他说，跑了好几家药房，终于买到杜蕾丝，你出来，我把东西还给你。

我那个气啊，总算被他揪住小辫子了，都说了不要，他干吗这么固执，死心眼啊。给他回短信，都说过不要了，你自己留着用吧！

摁了发送键，忍不住乐出来，这家伙指不定气成什么样呢，觉得自己有些过分，好歹他也是自己的恩人，替自己解围，干吗要这样对人家啊？

再在公司里见到周小卫，低眉敛首，不敢看他，不是对他没有好感，只是怕他因为杜蕾丝这件事儿，没完没了地跟我纠缠。好在周小卫并没有什么实际行动，也没有真的把杜蕾丝还给我。

十一大假，朋友们都过二人世界去了，连老爸老妈都手挽手去了云南丽江，唯有我，没有男朋友，一个人躺在床上听音乐，发呆。

想不到，周小卫会给我打电话，说，安子，我们去郊区的温泉小镇徒步，你要不要加入？我迟疑了一下，问他，都谁去？他笑起来，怎么？怕了啊？很多人，大家约定在温泉小镇会合，你来吧！

去了才知道，哪里有什么很多人，只有我和周小卫两个人。他开车，带了食物、水、帐篷、钓鱼竿之类很多东西。从温泉小镇出发，一路向北。

深秋，温泉小镇北面的那片向阳的山坡上，一大片枫树，叶子火红火红，不甘寂寞的野菊也开得绚丽无比，被现代文明熏陶得浮躁的心，终于在这一时刻宁静下来。我们一路走，一路野炊，夜晚在帐篷里过夜。大山深处，很远都没有人家，我的心中七上八下，刻意提防着周小卫，有数次我都想一个人悄悄地溜掉，可是周小卫总是用他那双明亮的眼睛看着我笑。

那晚，我们听着身边叮咚的泉水，看着头顶满天的繁星，周小卫煞风景地说，早想把那东西还给你，只是你一直躲着不肯见我。

我皱眉，真是哪壶不开提哪壶，那是我的心病，偏偏他就不明白。忙说，不着急，反正我也不等着用。说完才后悔了，这叫什么话啊！

我和周小卫对视一眼，忍不住“噗”的一声都乐了出来，这一乐，总算把这些天绷得死死的神经放松下来。

我说，不是你想的样子，真的。他喝了一口茶看着我笑，说，我想的什么样子。我红了脸，说，色狼，变态狂，乱交什么的，真的不是这样，这是我妈妈送给我的礼物，青春期后期自我防护、自我爱护的礼物，也是做妈妈的爱女心切。

周小卫笑的时候很好看，眼睛弯弯的，眯成一条缝，他说，我一猜就是这个样子，一盒杜蕾丝就把你吓成这个样子，如临大敌，都什么年代了，没有人会因为你拿了一盒杜蕾丝就断定你是个坏女孩，好女孩也不是生活在真空里，好女孩也需要杜蕾丝啊。

我长长地松了一口气，如释重负，一直被我搞得神神秘秘，像一个死结一样打在心头的问题，想不到被他一句话就解开了，我太在意别人怎么看待这个问题，特别是在意别人怎么划分好女孩与坏女孩的区别。

想不到那个晚上，周小卫会向我求婚，他拿着那盒杜蕾丝说，安子，嫁给我吧！我怔住，半信半疑地问他，当真？他说，当然是真的，我喜欢你很久了。

后来，我和周小卫结婚的时候，新婚之夜，他送给我一盒杜蕾丝，说，快乐无极限，安全有底线。我和他笑倒在婚床上，想不到一盒小小的杜蕾丝竟成了我和他相伴一生的媒介。

爱情三十六计

一

大脑发热，在闹市区以每月两千块的价格租了一间只有四十平方米的小房，其实我挣的那几张钞票，租这样一间房子，真的是为难自己，可是谁让我一心想接近那个叫江东的男人呢。

我为一个室内装修设计公司工作，老板天天像监工一样，拉长了脸，盯着我们四个小工，如果不是公司弹性的工作方式，我想我早就逃之夭夭了。有时候赶工，我会把工作带回到家里做，做得很辛苦，做到深更半夜，赚取一份昂贵的都市生活费。

有一天晚上，对着一份设计图发呆了半宿，天亮时刚刚上床睡下，被隔壁一声惊天动地的脆响惊醒。我揉着眼睛，心想，太好了，刚好趁机去拜访一下我的“芳邻”。

趿着拖鞋去敲隔壁的门，狠狠地敲了三下，等了半天，门开了一条缝，我嚷道：“还让不让人活了？”有三双眼睛齐刷刷地盯住我看，看得我全身不自在，像在聚光灯下。除了一大一小两个男人，还有一只邋遢的小狗站在旁边。我傻了眼，天啊，我梦中的白马王子，超级帅的江东，儿子都这么大了，我还瞎起劲什么啊？想不到我这个超级色的色女，也有看走眼的时候，小河沟里翻了船。

转头去看那个小男人，大约五岁左右，他们的身后则是一片的狼藉，一个柜子倒在地上，一只花瓶的碎片满地都是。

如果不是小男人超级可爱，我不知道会做出什么不智之举。他眼睛很大，亮晶晶的，对我非常友好，伸出手来，以成人的方式跟我握手，然后不好意思地挠头说：“阿姨，我叫雨生，对不起，这些都是我干的，跟我爸没关系。”说着他看了身后一眼，我明白，一地的狼藉都是他的杰作。然后他又指着左边的小狗对我说：“他是我的朋友，叫卡拉。”回头又指着右边的男人对我说：“他是我的老爸，叫江东。”

江东漠然地扫了我一眼，我对他做出甜蜜的笑脸说，想不到我们又狭路相逢了。江东仍是那副清高的样子，对我爱理不理的，转头对男孩说：“记住，以后叫她姐姐。”

我白了他一眼，扭头回屋。

二

我忽然有些后悔，还没有弄清对手的底细，就盲目投资，租了如此贵的房子不说，还提前预付了半年的房租，一万两千元啊，打多少份工，做多少份设计图才会赚回这笔巨款，真是被帅哥的傲气冲昏了头脑。试想这些钱，留着买漂亮衣服和美食，享受生活，岂不是比打水漂好得多？

当初在一个客户的家里遇到江东，他穿着牛仔裤，旧衬衫，略长的碎发遮住了眼睛，有时候他会把头发向后甩一下，幅度不大，但那姿势真的很迷人，明亮的眼睛里流露出淡淡的忧伤和桀骜不驯。我一下子就被他吸引住了，呆头呆脑地听着他对我的设计指手画脚，什么灯光的角度不够合理，采光设计得也不够到位，还有颜色的搭配，暖调太重，使整体看上去不够协调。我气得站立不稳，几乎当场吐血身亡，发誓不报此仇，从此不叫陈若曦，于是跟踪他至此，并且在他的隔壁租了房子，做好了持久战的准备。

可是从我搬到这里后，江东这家伙以不变应万变，从不跟我正面冲突，我纵有天大的本事，却无处下手。

和他偶尔在走廊里遇到，也只是点头而已，没有一句多余的话，大有老死不相往来的架势。倒是雨生，常常领着他的卡拉过来敲我的门，他是一个乖巧的孩子，我有点喜欢他。

大多数时间，他会在黄昏的时候来，坐在阳台边上的一只旧木椅上，专心听着CD里缓缓地流淌出《布列瑟农》，我在电脑上跟一帮朋友在MSN里瞎侃，转回头来，看见雨生的样子，忽然有点心疼，五岁的孩子哪里能听得懂这首歌的意境。我问他："雨生有什么心事吗？"雨生噘着小嘴，仰着脸看我说："今天爸爸批评我了，说我不该经常到姐姐家里来玩，若曦姐姐你有男朋友吗？"

我的心被某种温柔牵动了一下，刮了一下雨生的鼻子摇摇头说："没有。"雨生忽然笑了起来，一脸认真地说："若曦姐姐，我做你的男朋友好不好？"我笑着点了点头。雨生说点头不算，拉钩吧！他抓住我的手，和我拉钩。我忍不住笑出声，没有套住江东这个老男人，倒和一个五岁的孩子订下白首之约。

雨生说他从来没有见过他的妈妈，他猜想他妈妈可能像我一样漂亮。我有些吃惊，停下手里的游戏，难怪一直没有见到隔壁有女人出入，原来江东没有妻子，雨生没有妈妈，一个没有母亲的孩子让我不由自主地生出怜惜。

再见到江东，我不再故意绷着脸，也不再刻意地和他针锋相对，一个没有妻子的男人，独自带着一个孩子，毕竟不是那么容易的。

三

有一天赶完手里的事儿，打算洗个澡，然后去找朋友商量，打算再做一份兼职，入不敷出的日子，让我生活得像一尾游在浅水里的鱼。本想穿那件黛安芬的蕾丝内衣，可是找遍了屋子里的每一个角落，就是找不到，我明明记得放在洗手间里的，可是一转眼就没有了，不由得自怨自怜，未老先衰啊！

去阳台给栀子浇水，小小的栀子种在花盆里，已经抽出了两片嫩绿的叶，我慢慢等着它开花的日子。一抬头赫然看见隔壁阳台的晾衣架上晒着我的黛安芬内衣。我的脸“腾”的一下红了，想不到江东竟是如此变态的男人，我决定好好教训他一下。

敲开隔壁的门，江东依旧是那副不冷不热的表情，我压抑着内心的鄙视，冷着脸说：“江先生，如果我没有看错，你阳台上晒的内衣是我的吧？”我以为只这一句话，江东即便不会上吊，起码也会羞得无地自容，谁知道他竟比我坦然多了，脸不红心不跳地说：“我不知道，如果你认为是你的就拿走。”天啊，真是世风日下，他可是我见过的最皮厚的男人。

我跑回房间里生闷气，雨生过来敲门，他垂头丧气地蹭到我跟前，默默地一语不发，我问他怎么了，半天他才说："爸爸又批评我了。唉，都是卡拉惹的祸，他一声不响地把你的衣服偷回家，害得爸爸受了连累，你批评他，他就批评我，我想批评卡拉，可是卡拉听不懂，你说我冤不冤啊？"

看来江东并不是像我想的那么不堪，我抚摸着雨生的头说："是姐姐错了，若曦姐姐不该乱发脾气。"

四

有一天傍晚，我正在厨房里忙碌，其实也就是做了简单的方便面。雨生来了，他垂头丧气地坐在桌边，手脏兮兮的，头发乱糟糟的，脸上犹有泪痕。我忙问他怎么了，雨生忍了半天，眼泪终于忍不住落了下来，他抽噎地说："姐姐，爸爸今天打我了。"

我轻轻地褪下雨生的裤子，小屁股上五个红红的指印肿得很高，我的眼泪霎时落下来，雨生才五岁，没有了妈妈已经是人生不可弥补的缺憾，怎么还可以对他下手如此之重？我被江东这个男人气晕了，顺手抓起地上的拖把去了隔壁。

推门进去才发现满屋子都是烟味，江东在黑暗中吸烟，烟火在指间明明灭灭。我打开灯，看见江东皱着眉头坐在沙发上，茶几上的烟灰缸里满满的都是烟屁股。

原本兴师问罪的心渐渐淡去，这个没有女人的家哪里还像一个家，怎么一个乱字了得，看不过眼，找了一个垃圾袋，简单地收拾了一下。江东一把拉过我的手说："我真的不知道这样做究竟是对还是错，你告诉我好吗？”我听不懂江东在说什么，心怦怦乱跳。他像一只受伤的鹤，孤独地站在旷野上，我的心隐隐地疼了一下，内心翻起波澜。

和江东相处久了，觉得他并不像他的外表那么冷漠，有时候他买了新鲜的水果，会分出一半，让雨生送给我。我偶尔也会发扬一下雷锋精神，帮他们打扫一下狗窝。雨生过生日时，甚至还正式请我去他们家里做客，雨生奶声奶气地对江东说：“拜托你好好照顾我的女朋友。”江东听了差点儿把鼻子笑歪了，我发现江东笑的时候，挺好看的，有一丝纯真，不像他的外表看起来那么沧桑，我喜欢看他笑的样子。

江东还给我介绍了两个客户，都是数额比较大的那种，让我狠狠地发了一笔小财，我高兴得合不拢嘴，整天哼着那首《爱情三十六计》。

请他们父子二人去吃麦当劳，雨生高兴地搂着我的脖子亲我，扭头得意地对江东说：“我的女朋友就是比你好！你太小气。”江东嘿嘿地笑：“这样说来岂不是又多了一个人叫我老爸？”我在他的眼前晃了晃拳头，威胁道：“再胡说，小心我揍你。”江东哈哈大笑，笑声中有阳光的味道。

五

有一天晚上，已经是后半夜，我正趴在电脑前做一张设计草图，忽然听到敲门声，从门镜里看出去，竟是江东。

他穿着睡衣，头发乱蓬蓬，慌乱地说：“雨生肚子疼得很厉害，你跟我一起送他去医院吧！”我点点头，顾不得换衣服，披了一件外套和江东一起把雨生送到医院。

雨生疼得有点昏迷，脸色苍白，江东有点吓傻了，他握着我的手，我感觉他在发抖：“雨生不会有事吧？”我安慰他：“不会的。”我看着江东的侧影，他一直都是以冷漠的姿态出现在我的生活里，他的慌乱和无助深深地打动了我，我甚至有把他抱在怀里的冲动。

雨生是急性肠炎，尽管不会有性命之忧，但着实把这个小帅哥折腾了一番。

我非常喜欢雨生，尽管他有时候有些调皮。有一天，小家伙把我和江东叫到床边，神色凝重地对我说：“从今天开始，我不要若曦姐姐做我女朋友了，我把你交给老爸，你愿意吗？”我的天，我还以为雨生要说什么呢，让人又好气又好笑，于是跟他开玩笑：“不许你把我送人。”雨生不理我，转头对江东说：“知道你也喜欢若曦姐姐，我不跟你抢了，不过你要好好对我女朋友啊！”江东回头看我，一脸的坏笑。我白他一眼，对雨生敷衍道：“姐姐还要回家考虑考虑，你好好休息！”

我抓起手袋往门口走，雨生哭了，他哽咽地说：“若曦姐姐，我想让你做我妈妈，别人都有妈妈，我没有，只有你对我最好，你就做我妈妈吧！”

雨生的眼泪一颗一颗地滚下来，可是这种事儿，我怎么好轻易答应一个小孩子呢？我回头看江东，他的脸上看不出任何表情，我狠了狠心推门而去。

天空灰蒙蒙的，飘着小雪花，打在脸上瞬间融化了，像眼泪，我的心情也跟着潮湿起来，我觉得自己有些可笑，像飞蛾扑火一般多情。

不知什么时候，江东气喘吁吁地追上来，他有些艰难地说：“如果你愿意，我不介意吃点亏。”我不眨眼地看着他：“你傻了吧？你还吃亏？你都结过一次婚了，我可是连男朋友都没谈过。”江东一脸委屈地问我：“谁说我结婚了？”我瞪大眼睛看着他：“你儿子都这么大了，难道是私生子吗？想不到你这么前卫。”

江东叹气：“你胡说什么啊？他是我以前女朋友的儿子，她轻信了一个男人，不但误了终身，而且把性命也搭进去了，临终前她把雨生托付给我，让我替她照顾雨生。当初答应了人家，就该一诺千金，你说是不是？”

我忽然理解了江东，江东是一个好男人，善良、隐忍、委屈和牺牲，在这个到处充斥着物欲的年代，像江东这样的男人真的很少见，我不由得重新审视他，这样的男人值得我终其一生去爱，心中有大爱的人才会有小爱。我拉住江东的手说：“让我和你一起照顾雨生好吗？”江东用力地点点头。

没事的时候，我会一个人坐在小阳台上傻笑，江东问我笑什么，我说：“爱情三十六计，想不到我只用了两计就套住了一个叫江东的男人。”江东把我拥在怀里叹气：“想不到陈若曦这个小阴谋家，那么高明的手段，一样被我们父子联手算计了，唉，智商高，有什么办法呢？”

我愕然，到底是谁中了爱情三十六计？

种病毒，收爱情

林小眉是个古灵精怪的女孩子，大学毕业一年多了，一直没有找到合适的工作，拿着制作精美的简历到各种人才交流市场。可惜，她这匹“千里马”就是遇不到伯乐，只好接受了朋友的下下策，屈尊加盟到朋友在电子城开的一家小电脑公司，站站柜台，卖卖电脑和软件。

原本以为，这样的工作，只是小菜一碟，高中学历就够了，谁知道却并不像想象的那么简单，工作接手了好多天，一直没有什么起色，她有些着急，这样下去，这个工作也保不住了，难道真的要喝西北风去啊？胡思乱想之际，来了一位戴墨镜的先生来买笔记本电脑。林小眉心花怒放，放下心事，展颜招呼这位大客户。

大客户有大客户的脾气，挑三拣四，不好侍候，而且问题多得像个小学生：“你们的产品质量有保障吗？你们的配套软件是不是盗版的啊？保修几年？上门服务吗？电脑坏了随叫随到吗？还有，是你亲自上门服务吗？”

林小眉紧紧地皱着眉头，这个人真奇怪，买电脑就买电脑，还戴着大墨镜，搞得像黑手党，问的问题也特别小儿科。有心不搭理他，可是看在赚钱的面子上，只好硬着头皮逐一给他解答："我们这里的电脑都是品牌货，质量不会有问题，你尽管放心用。软件都是正版的，我们是正规注册的电脑公司，不是街边的小商小贩。至于售后服务，我可以向你保证，一定会做到让你满意为止。"

男人满意地点了点头，从口袋里掏出一张名片拍到她的手里，说："明天你把电脑送到这个地方，顺便帮我调试一下，我会把钱打到你们公司账户上。"说完，也不管林小眉答不答应，扬长而去。

林小眉翻来覆去地把玩着手里这张制作精致的名片，名片的主人叫杨瑞安，这个名字似乎很熟悉，可偏偏想不起来在哪儿见到过这三个字。

第二天，林小眉拿着名片，骑着摩托车，一路找到那家公司，可是并没有见到杨瑞安，正在狐疑，一个小姑娘彬彬有礼地对她说："我们杨总正在开会，请你稍等。"

林小眉这一等就等了两个多小时，等得心急火燎，那小姑娘又来告诉她："我们杨总来了一位贵客，今天没有时间，他让你把电脑放下，人可以走了，等他哪天有时间，再请你来调试电脑。"

小姑娘口齿清楚，不听则已，一听之下，林小眉有些压不住火，这不是摆明了把人当猴耍吗？当初说好把电脑调试好了再送来，可是这个杨瑞安偏要送来再调试。当真送来了，又不见了他的人影，哼，让你折腾我？林小眉眉毛一扬，计上心来。

过了几天，林小眉接到杨瑞安打来的电话，说："小眉，我今天有时间，你可以过来调试电脑。"林小眉答应得很爽快，其实心里很不舒服，这个杨总也太拿大了吧？她不卑不亢地说声："请别叫我小眉，我们还没有熟到可以把姓省略掉。”

她拿了几张光盘，塞进单肩电脑包里，骑着摩托车，风驰电掣。

杨瑞安这次没有爽约，老老实实地等在那里，林小眉拿过光盘，熟练地把操作系统装进了电脑，调试了两遍，一切正常，收工。杨瑞安千恩万谢，一直把她送到楼下，问她：“如果电脑坏了，打哪个电话联系你？”林小眉想了想说：“你不是有我们公司的联系方式吗？到时候如果我没有时间，别人也一样会上门服务的。”

按说这样的答复是一个业务员最基本的素质和修养，客户应该满意了，可杨瑞安偏偏不满意，他指定让林小眉做他的电脑医生，如果林小眉不把手机号码留下来，看来是别想离开了。两个人僵持了半天，林小眉急着回家给老爸过生日，只好把自己的手机号码写在杨瑞安的手心里。杨瑞安高兴地冲林小眉挥了挥手，放她走了。

林小眉苦难的日子从此开始了。刚开始林小眉还挺高兴，因为她偷偷地在杨瑞安的私人笔记本电脑里装了一款病毒程序，每间隔一个月会发作一次，半年后自动解除，谁让他那么骄傲，那么狂妄，那么眼中无人？不收拾一下他这个电脑盲，情理难容，结果事情比她想象的要复杂得多。

杨瑞安这个人像一块口香糖一样黏上了她，有事没事都会给她打电话，也不管是白天还是夜晚，也不管是不是她的工作时间，杨瑞安总会说：“小眉啊，你快点儿来，我的电脑又不听话了。”“小眉啊，我的电脑想你了。”“小眉啊，我的电脑罢工了。你快点儿来吧！要不要我去接你？你坐火箭来吧，越快越好！”林小眉冲他瞪眼睛：“小眉是你叫的吗？拜托你以后叫我的名字的时候，连姓一起。”其实她瞪眼睛也是白瞪，杨瑞安看不到，林小眉忘记了是在打电话。

林小眉被杨瑞安弄得不胜其烦，只好躲着他，看见他的电话号码，干脆不接。有一次，林瑞安竟然在林小眉家的门外打电话："你再不出来帮我把电脑修好，我就从你们家楼上跳下去。"林小眉忍不住笑了："跳吧跳吧，我们家住二楼，摔不死你，不过咱们有言在先，你摔残了，找不到女朋友，可别怪我。"林瑞安说："找不到女朋友，我就赖上你，你看这个主意如何？"

还有一次，电脑病毒发作，林小眉去给杨瑞安杀毒，做完事以后，杨瑞安非要请林小眉吃饭，她不想跟客户纠缠不清，只好跟他讲明AA制。

车过十字路口，等红绿灯的时候，一个老太太慢慢倒在他的车下，手里拎的土豆撒落一地。杨瑞安的本能反应是打开车门跳下去，把老太太抱到车上，往医院的方向飞驰而去。

林小眉第一次良心发现，说了句公道话："我是亲眼看到她自己倒下去的，跟你没有半点关系，如果她的家人赖上你，我给你做证。"

杨瑞安笑笑，说："我不是害怕，她倒在我的车边，我能帮就帮她一把，我不图谁的回报，也不怕谁赖上，做事情对得起自己的良心就行了。"

到了医院一检查，原来老太太是犯了眩晕症。杨瑞安给她的家人打过电话，就带着林小眉一起离开了。

也就是那天，林小眉听到杨瑞安几句掷地有声的话，对他的印象彻底改观了，不再认为他是一个无赖。这些年，有些人自己故意往车上撞，然后大肆索赔，狮子大开口，人们早已见怪不怪，同情心早已被消磨殆尽，杨瑞安还能按照自己的原则做人做事，真是难能可贵。

林小眉对杨瑞安的印象不由大为改观，由过去被动地无奈地去给杨瑞安的电脑杀毒，整理碎片，清理垃圾，到现在积极主动地问杨瑞安电脑坏了没有，这不能不说是一个飞跃。杨瑞安得意地问林小眉：“丫头，爱上我了吧？”

林小眉被人说破心事，红了脸，瞪他一眼：“谁爱上你了？别臭美了，有本事你就追，追上了，我就嫁给你。”

那天不是情人节，杨瑞安却抱了一大捧玫瑰去电脑城找林小眉，凡是和林小眉毗邻的电脑公司，只要是女的都沾上光了，每人分得一朵，剩下的一捧送给林小眉。

林小眉被突然而来的幸福冲昏了头，问他：“你是什么时候开始喜欢我的？”杨瑞安眨了眨眼睛害羞起来：“可以不说吗？天机不可泄露。”林小眉佯装生气：“不说也可以，请你把这些花儿抱回去。”杨瑞安挠了挠头说：“我是你表哥的同学，十七岁那年在你表哥家遇到你，我就发誓，长大了，一定找你做我的女朋友。后来我去外地念大学，又工作好几年，回来后，遇到你表哥，你表哥说你在电脑城卖电脑，我猜想，以你的骄傲肯定不会接受我，所以出了这个下策，跑到你那儿买电脑。谁知道你这个丫头片子，竟然在我电脑里装了病毒程序，真是天助我也！”

林小眉也笑了：“明明是电脑高手竟然装电脑盲来糊弄我，只有我这么笨的人才会上你的当。”杨瑞安一本正经地说：“你不笨啊，电脑病毒让我们收获了爱情，你能否再想个什么法子，让我们收获婚姻？”

林小媚羞红了脸，小声嚷嚷：“有你这样求婚的吗？”

一个馒头引发的恋爱事件

在人才市场蹲了好多天，口袋里的钱都快花光了，终于找到一份售楼的工作。林小枫和我一样，也是卖楼的，只不过他比我提前入行半年，是售楼先生。

转眼过去两个月，我一套房子也没有卖出去，老板下了最后通牒，如果下个月再卖不出房子，就卷铺盖走人，没的商量。

我愁得都快哭了，两个月没有提成，只有底薪，区区几百块钱，除掉房租，所剩无几，只有顿顿啃方便面充饥，到后来，只要一闻到方便面的味就想吐。

人若倒霉，喝口凉水都塞牙。屋漏偏逢连阴雨。那天正在售楼处对着那些房屋模型发呆，林小枫喊我，连蓉，你发什么呆啊？把那些图纸拿过来，我的客人要看。

我清醒过来，把那叠平面图纸送过去，因为心不在焉，转身的时候，竟然把花架上的一盆君子兰碰到地上，而且砸在林小枫的脚背上，而林小枫恰恰穿一双黑色的布鞋，其惨状可想而知，“啊”的一声惨叫，售楼处所有人的目光齐刷刷地射过来。我吓坏了，脸色惨白，蹲下身去收拾那些花盆的碎片，林小枫大喝一声，连蓉，你想害死我啊？还不赶快送我去医院？

我这才想起看林小枫的脚。天，有血渗出来，染透了袜子和鞋。我俯下身，对林小枫说，我背你去医院吧？

林小枫剜我一眼，就你这小身板，背得动我吗？过来扶我一把就可以了。我忙过去扶住他，偷眼看他，他龇牙咧嘴，额上有汗渗出来，但是还是隐忍着没有呻吟出来。那时候的北京，还是早春，天很冷，他竟然流着汗，可见，他的脚伤很疼。

到了医院，医生给他清洗伤口，然后敷药，裹上纱布，又开了口服消炎药。医生坚持要他打吊瓶，说是消炎效果好，然后住院观察，被他拒绝了。

我的心放回到肚子，看来这小子还算有良心，并没有讹我一笔。出于感激和道义，我送他回他的住处。

林小枫说，这样吧，我也不打算讹你，但是，我们必须约法三章：第一，脚伤期间，我不能上班，我的工资、营养费、药费什么的，由你承担；第二，如果我因为脚伤，从此瘸了，你要赔一个媳妇给我；第三，脚伤期间，你必须早晚两次探视。

我刚想抗议，林小枫似乎看透了我的心思，忙说，当然了，如果你不同意以上三条，我可以搬个花盆在你脚上砸一下，你同意吗？

我跳起来，我又不是白痴，怎么会同意？我还指望这双脚，混进某个剧组，没准一夜成名呢！想至此，只好乖乖地在林小枫的合约上签了字。

从那天开始，我算是欠下了林小枫的债。林小枫三天两头给我打电话，一会儿说想吃北京烤鸭，让我去买，一会儿想喝黄豆猪脚汤。我忍气吞声，讥讽他，只有生了宝宝的女人才喝这种汤，你用得着吗？他也不脸红，说，营养好，我的脚伤好得快，你也可以早点解放，再说了，我想吃的东西，你会做吗？我问他，什么东西？他掷地有声地说，馒头。

我笑得岔了气，就这么点出息，不就馒头吗，我去街上买一大包给你吃。他也笑了，说，我要吃你亲手蒸的五仁馒头。要先发面，再加入枸杞、葵花子、芝麻、花生、葡萄干，在家的时候，我妈常做给我吃，又香又甜。傻孩子，不是街上卖的机器做出来的那种。

我摇了摇头，我可不会做这么复杂的馒头，林小枫同志，你将就些吧！

林小枫的脚受伤以来，药费、营养费、坐车费、误工费，乱七八糟的，已经花掉我三千七百多块了，他每提出一项要求，我都有些心惊肉跳，尽管这些钱都是跟林小枫借的，但是总有一天，我是要还给他的。什么时候才能把这笔债还清呢？

一个月之后，林小枫来上班，脚还是有点瘸，但是再不上班，真的要喝西北风了。那天下班之后，林小枫悄悄地溜到我的身边，神秘兮兮地对我说，连蓉，为了回报你这一个月来对我的照顾，今天晚上我请你吃饭。我一听，兴奋起来，真是人逢喜事精神爽，这个月没费吹灰之力，就卖掉了一套房子，不仅可以拿到提成，而且老板也不会让我走人了，现在又有人请吃饭，无疑是天上掉馅饼，不吃白不吃啊！于是想都没想，就答应了。

去了林小枫租的狗窝，才知道，林小枫请我吃馒头，而且是传说中的五仁馒头，林小枫亲手做的。想不到他还有两下子，馒头做得又松又软，又甜又香，而且加了各种辅料，为的是增加营养。我一边吃，一边问他，馒头做得这么好，还给人家打工？自己开间小店多好！林小枫皱着眉头说，你当我不想啊，等我完成了原始资本积累，我就去开一家馒头店，让北京人都吃我做的五仁馒头。

我一口气吃了两个，意犹未尽，林小枫把我手中的馒头夺下来，我的大小姐，别吃了，吃撑了我还得负责任。

从那天开始，林小枫每天上班，都会悄悄地带一个馒头，偷偷地塞进我的手袋里，留着给我回家当晚餐。后来被售楼处的一位细心的同事发现了我们的秘密，我的馒头像长了脚似的不翼而飞，取而代之的是面包或饼干。

转眼到了黄金周，别人都在计划着去哪里游玩，而我们售楼处却不会放假，地产公司的老板，亲自给我们作“战前”动员，讲得唾沫星子乱飞，大有磨刀霍霍的气势。老板姓方，四十岁左右的样子，戴眼镜，年轻有为，听说已是千万富翁，身边献殷勤的女孩都数不清。他说，要利用好这个黄金周，人们都休息，买房看房的人一定不会少。他把销售部的人员分成三拨，一拨去人流密集的地方分发宣传资料，一拨下去跑客户，其余人等留守。最后，他单独把我留下来，说，连蓉，这次的活动，你就别参加了，我母亲病了，住在医院里，我不放心，你去陪陪她。

我兴高采烈地领了任务，陪一个老人家说说话，那多轻松啊，卖房子太难了，游说人家买房子，让人家心甘情愿地笑着把口袋里的钱掏出来，想想我都打怵，可能我天生不是干销售的料。

方总的老妈是一个善良的老人家，一点儿都没有有钱人的架子，和我很投缘，又没有什么大病，无非是年事高了，有一些老年病。我乐得给她念念书，读读报，说说话。有时候，老人家也跟我讲一些方总年轻时打拼的故事。白手起家不是容易的事，吃苦遭罪，才换来了今天的一点成绩，所以我从内心里敬重方总。

回公司上班那天，是方总的奔驰把我接回去的，林小枫的脸黑得像锅底，不理我。我说我想吃你做的五仁馒头，林小枫却皱着眉头回我，记得你还欠我三千七百块，迟一个月还我，就长一百块利息。我也恼了，你这是高利贷，这辈子我还得起吗？林小枫说，你都攀上高枝了，别说这点钱，就是天上的星星，方总也能给你摘下来。

原来我不在公司的这段时间，公司里传闻，说我攀上了方总的高枝。还没有来得及解释清楚，一个月后，方总的老妈去欧洲旅行，方总竟然让我陪他老妈去，而且还特地为我买了一部手机。我问方总，为什么是我？你太太呢？方总笑了，说，我太太早跟我离婚了，而你是老太太点的将，别怪我啊！

欧洲的风光把我和老太太迷住了，间或给方总打电话汇报我们的行踪，方总说，老太太很喜欢你，回来后，我会给你奖赏。

其实我不想要什么奖赏，我只想能看到林小枫，不知为什么，这些日子以来，见不到林小枫，我的心中竟然会隐隐地牵挂他，想他忙碌的样子，想他隐忍的皱眉，想他坏坏的笑，想他松软的五仁馒头，想他酸不拉叽地骂我攀上了高枝，不知为什么，我非但不生气，相反心中却有了甜丝丝的味道。

回到北京，得知一个消息，林小枫辞职了，在他家附近租了一间房子，专卖五仁馒头。同时方总向我求婚，他说，老太太非常喜欢你的细心、聪明、善良，如果你愿意嫁给我，就点点头，如果不愿意就不用理会我，我不会怪你的。

说实话，方总这样的男人，对每个女孩都是一种诱惑，特别是我这种还处于物质贫乏阶段的女孩，能嫁给方总，无疑是一步登天，再也不用为一间房、为一个立足之地、为衣食担忧，可是，我还是摇了摇头，转身出去了。

我去林小枫的馒头店找他，他扎着白围裙，两只手沾满了面粉，他不好意思地对我说，你的事情我都知道了，方总都对我说了，是我错怪你了，以为你是那种贪慕虚荣的女孩。

我对他说，别以为你做的事情我就不知道，你的脚受伤的那个月，还为我跑客户，帮我卖掉了一套房子，所以我才没有被辞退。不知为什么，说完这句话，我的眼圈竟然红了，掩饰地对他嚷嚷，怎么这么小气啊？只请我喝水，也不请我吃馒头。林小枫笑，手往厨房里一指，贪吃的丫头，那些都是你的。

情人节那天，我以为林小枫无论如何会送我九十九枝玫瑰，没有那么多，九枝也好，再退一步，一枝也好。等到林小枫来了，我彻底失望了，连片玫瑰花瓣也没有，相反，却送了我一个大大的五仁馒头。我的委屈一下子被勾了出来，红了眼圈问他，在你的眼里，我就那么贪吃吗？简直是你养的一只贪吃的猪。

林小枫笑了，寓意深刻地说，今天的馒头和往日的都不一样啊！我气狠狠地咬了一口馒头，仍不解恨，这什么男人啊，一点儿都不解风情，一点儿都不浪漫，索性把馒头一掰两半，天啊，馒头中间，竟然掉出一枚戒指。

我一下扑到林小枫的怀里，问他，算是求婚吗？林小枫点了点头。

如果，你在北京四环以外，看到一家叫馒头记的夫妻店，那是我和林小枫的馒头店，嫁给林小枫的好处是，欠他的三千七百块钱和利息再也不用还了，我不是得了个大便宜！林小枫捂着嘴傻乐，真是个傻丫头，没有那约法三章，没有那三千七百块的账单，我这样的穷小子怎么能娶到这么一个漂亮老婆？

中等女人的爱情快车

一

相亲之前，朋友丁陆信誓旦旦地跟我说，潘芙蓉绝对是个美女，如假包换，眼睛长得像林忆莲，鼻子长得像章子怡，嘴巴长得像周迅。听他如此一说，我对此次相亲的期望值又增加了两个百分点，充分调动自己的想象力，潘芙蓉就算不是一个惊艳照人的美女，但有着明星部位的非凡组合，也不会差到哪儿去。

我兴奋不已，男人就这么点出息，身边有个美女，好像立马身价倍增，丁陆不就是这样吗？他的妻子苏媚媚是他的大学同学，那样一朵美丽的校花，被他穷追不舍，娶回家里，捧在手心里，当成宝贝一般，有事没事，就喜欢领着妻子出去应酬，郎情妾意，甜甜蜜蜜。

丁陆的美满姻缘就是我的楷模，我决心照葫芦画瓢，找个苏媚媚那样的美女，也满足一下男人小小的虚荣心。可是见到潘芙蓉的那天，我就傻掉了，尽管她有着明星部位的非凡组合，但跟美女两个字根本沾不上边儿。我终于明白了一个道理，为什么有的人，五官一旦分开，单独看哪一个部位都是精品，可是如果组合在一起，就成了次品。潘芙蓉就是这样，细眯眼，高鼻梁，唇形丰满，但就是品不出美女的韵味，充其量也就是一个中等女人，扔在人堆里，很快就被淹没的那种。

环境幽雅的西餐厅里，我心不在焉地和潘芙蓉聊了一会儿，心里惦记着待会儿找丁陆算账，他自己有美人相伴，却把一个中等女人介绍给我，安的什么心啊？我愤愤不平地胡思乱想，潘芙蓉笑意盈盈地说："开门见山，我介绍一下自己，加强相互了解，我这个人优点挺多，心细手巧，热情诚恳，会过日子，热爱生活，热爱美食。美中不足的是，长相中等，学历中等，工作一般。缺点吗，目前没有，如果你愿意，等待你去发现。"

我有些蒙，这个女人可真够坦诚，做广告谁不掺点水分啊？她可倒好，实打实地说自己学历中等，工作一般，热爱美食，谁不知道这样说辞的潜台词？学历中等，说明不是一流学府走出来的。工作一般，薪水可想而知。热爱美食，其实就是一只大馋猫。这样的广告词让我忍不住想笑，能把自己嫁掉才怪。

回到家里，我唉声叹气，老妈追着我问，这回相的这个如何？是个如假包换的美眉吧？我无语，老妈坚持不懈地追问，大有不到黄河不死心的样子，为了避免老妈没完没了的纠缠，我只好坦诚相告："什么美眉？充其量是个中等美女，工作一般，学历一般，长得又一般，我拿着放大镜也没有找出她有什么好，这样的女人，在大街上一伸手，能划拉一大把，还用麻烦他丁陆？"

老妈笑，皱了多年的眉头都舒展开了："我的傻儿子啊，你有福了，就这个吧！潘芙蓉，多好的名字，像我的儿媳妇。”

我目瞪口呆，想不到会是这样的结果，我伸手在老妈的额上摸了一把：“没有发烧啊，您老怎么糊涂了？谁不希望娶个各方面都优秀的儿媳妇回家，您可倒好，娶个中等女人就知足了？不思进取，没救了。”

老妈振振有词：“要不说你傻啊！中等女人有什么不好？搁在外面放心，不会被别的男人惦记着，搁在家里省心，不会恃色而骄，娶个中等女子回家，那是你的福分，再说了，大多数人都是中等人，人尖子能有几个？要模样有模样，要才华有才华，能看上你？”

我无言以对，老妈的歪理特多。

二

老妈要亲自相看未来的儿媳妇潘芙蓉，尽管我十二万分不情愿，但也不敢太违逆老妈，因为老妈总会恰到好处地犯心脏病。

周六一大早，老妈就把我从床上轰起来，吩咐着我去超市大采购。我推说约了人，想要开溜，老妈一把揪住我愠怒：“人家姑娘因你而来，你走了，叫我怎么办？”我嬉皮笑脸地说：“如果您老中意，就娶回家，反正没我什么事儿。”老妈点着我的脑门说：“就算你找到一朵花儿，不会过日子也白搭。”

我慢腾腾地往身上套衣服时，手机响了，我以为是潘芙蓉爽约，所以高兴得跳起来，拿起电话一听，谁知是丁陆这个家伙，他东拉西扯了半天，最后才吞吞吐吐地说：“最近手头有点紧，你方不方便借点钱给我？”我拍胸脯说：“没问题，你方便时过来拿。”

丁陆这家伙，以前是个顶抠门的男人，朋友中只有他最会攒钱，结婚以后，想不到他三天两头跟朋友告贷，财政吃紧，真不知他是怎么搞的。

我还没有被老妈赶出家门，潘芙蓉就来了，打扮得很隆重，应该说是很得体，虽不是什么名牌，但一件很普通的衣服，经过她的一搭配，就显得很华贵。掐腰的小衫，真丝的长裙，颜色很素淡，所以配了一条紫色的长丝巾，绕在脖子上，整个人立刻显得生动起来。

她手里提着大包小包的东西，有蔬菜、排骨、鱼、水果什么的，一应俱全。我张大了嘴巴，这女人也太夸张了吧？第一次来就不把自己当外人。老妈乐得嘴都歪了，对我说："芙蓉没有买熟食，你再跑趟超市，把那烤鸭猪肝什么的多买几样回来，招待贵客。"

潘芙蓉笑意盈盈地拦住我说："大妈，别让他去买了，那些东西又贵又不干净又不好吃，花那些冤枉钱干吗？待会儿我下厨做，你们只管等着吃就好了，保准比外面卖的好吃。"老妈乐得像一朵花，等着潘芙蓉大显身手。

这个女人果然不简单，嘴甜得像抹了蜜，脸上永远笑意盈盈，把老妈哄得很开心。别看长相一般，做起美食来，那可是一流的高手，没用多少工夫，就把四菜一汤端上桌来：清拌苦瓜，说是降糖去火，营养保健。西芹百合，说是美容养颜，提高老年人的免疫力。蒜香鸡翅，说是偶尔解解馋，不能多吃。莲藕排骨汤，说是补心益脾，止血安神。最后端出来的，是清蒸鱼，做出来的样子，居然像孔雀开屏。

我和老妈盯着桌子上色香味俱全的美食都有些晕，老妈乐得直念佛，嘴里叨叨，能娶了这样的媳妇，得多大的造化啊？一边意味深长地看我，我假装没看到，把头偏到一边。

老妈拉着潘芙蓉的手说："你是田螺姑娘下凡吧？真是心灵手

巧啊！”潘芙蓉摇了摇头，说：“什么田螺姑娘啊，我妈去世得早，我从小和我爸相依为命，因为常常做饭给我爸吃，我爸的嘴又刁，所以我不得不买一些菜谱参考，一来二去的，慢慢悟出做饭的经验，其实什么事情都一样，只要用心，就会做好，做饭也是一样的。”

她的话，让我很吃惊，现在的女孩，大都身上永远是清雅好闻的香水味，谁会喜欢满身油盐姜蒜的味道啊？潘芙蓉不一样，她除了会做一手美食，还会织毛衣，做甜品。她曾经给老妈做过一道甜品叫“心里软”，大枣去核，把加水搓成条的糯米团子，塞进大枣的空腹里，加冰糖在砂锅里煮，口感甜香软糯，老妈喜欢得不得了。

潘芙蓉用她的一手美食，首先征服了老妈的胃，隔三岔五，老妈就会嚷嚷：“叫芙蓉来，给我做杏仁酥。”、“叫芙蓉来，给我做南瓜饼。”

为了老妈，我只得硬着头皮，去求潘芙蓉。刚开始，她还挺给面子，顺顺当当地来做了几次，几次以后，就开始跟我讲条件，比如请她吃饭，比如请她看刚上映的大片，比如陪她逛街，如果我不答应，她就使小性子不来给老妈做美食。

三

当我发现，自己被潘芙蓉这个只有中人之姿的小女子牵着鼻子走时，已经为时已晚，朋友们经常遇到我陪她逛街，看电影，吃饭，隔三岔五上演情侣档节目，都以为我们在拍拖，斯时斯刻，我就是跳进黄河也洗不清。

为了避免不必要的麻烦，我决定采取迂回战略，让潘芙蓉知难而退，今生不娶个美女回家，决不罢休。为了搬掉潘芙蓉这块绊脚石，我决定跟她哭穷。

从认识她以来，我第一次主动打电话约她，她像一只小鸟一样兴冲冲地飞来。我像一个演员一样，毫不费力地进入角色。我对她说："芙蓉，我的那家小电脑公司破产了，不但没钱了，还欠了一屁股的债，要怪都怪我自己，白戴了一副眼镜，根本认不清人，那个合伙人不但骗走了我的钱，捎带把我仓库里的货也给卖掉了，你说气不气人啊？你说我怎么这么笨啊？"我唉声叹气，就差声泪俱下。

偷眼看潘芙蓉，我以为她肯定会被吓跑，现在的女孩多势利啊，没钱谁还爱你？我正暗自为自己的高招自鸣得意，谁知潘芙蓉沉默了一会儿，安慰我说："苏凯，你别急，下次长点心眼就成了。我手里还有点钱，你拿去应急，说不定能东山再起。"

太意外了，潘芙蓉这个中等女人，看来今生是吃定我了。

我坐在窗边的位子上，等着潘芙蓉回家拿钱，看着她急急忙忙地消失在窗外的人流中，心中除了惭愧，更多的还是感动。

潘芙蓉是个好姑娘，我配不上她。

我坐在那儿胡思乱想，不知道该怎样为自己这场蹩脚的演出收场，忽然看到丁陆和苏媚媚在大街上拉拉扯扯，这对恩爱夫妻怎么跑到大街上吵架？我跑出去拉住丁陆。丁陆脸色很难看，指着苏媚媚说："你这个败家的女人，除了会花钱，还会干什么？那件皮草当然好看，穿在你身上肯定会更好看，可是你知不知道，那件小皮草要三万五千块，这样的衣服，我一年的工资都买不了两件。"苏媚媚嘴不饶人："那是你没本事。"丁陆气结："结婚两年，饥荒都拉了十万块，有本事的男人有，你去找坐奔驰、开宝马的男人，我又没拦着你。"

日子过到这份儿上，真让人心灰和泄气。

潘芙蓉找到我的时候，我正在苦口婆心地劝解丁陆和苏媚媚，潘芙蓉把一张卡塞进我的手里，说："不多，只有五万块，你看够不够？"

我把潘芙蓉给我的卡放在唇边亲吻了一下，转头问她："你怎么这么傻啊？不怕我骗了你的钱？"潘芙蓉笑："高二那年，你在学校边捡了一条流浪的小狗，你为了等那只狗的主人，在梧桐树下，等了整整一个下午，因为旷课，还被老师批评了。我就是那条小狗的主人，我一直记得你，不是因为你很帅，而是因为你的心地善良，对一条小狗，你尚且狠不下心，更何况一个大活人？"

我不知说什么好，把潘芙蓉揽在身边，手放在她的腰上，她没有抗拒，低着头走在我身边，很幸福的样子，我说："回家吧！我妈想吃你做的南瓜饼。"

潘芙蓉笑得很动人："你不嫌弃我只是个中等女人了？"我也笑了，记仇的小女人啊，我调侃她："漂亮的花朵需要温室，我没有温室，所以只好将就你。"

是的，漂亮的女人，有大把的资本，过自己想要的生活。中等女人不一样，知道自己欠缺的是什么，所以多数会内外兼修，像潘芙蓉这样，有一手精湛的厨艺，会打毛衣，心地善良，所以一样会乘上爱情的快车。

幸福的榴梿

一

失恋的滋味我尝过，虽不至于致命，但也并不是什么好滋味。本来只是想去南方旅行，没出息地想着顺便可以疗伤，谁知道身上带的银子很快就花光了，又不想回去，于是，干脆在旅途中开始找工作。我是个学外语专业的，凭着口袋里的文凭，很快在一家做国际贸易的公司找到了工作，用专业特长在公司里立住了脚。

公司不是很大，人手又少，我做报关的同时又去下边的工厂去巡查。因为受到生存的挑战，所以我做得格外卖力。公司专门经营手袋出口的业务，因此下面有几个专门加工的工厂，老板便派我不定期去巡查。

第一次去郊区的一个工厂，厂长姓杜，名言，穿着脏不拉叽的牛仔裤，一头漂亮的齐肩长发倒是打理得很干净，颇有几分雅皮的韵味。

午休时,他和下属一起在办公室里吃榴梿。我一进屋便被榴梿冲鼻的怪味熏得倒退两步。杜言用牙签挑了一块榴梿递给我,我连忙后退,如临大敌,捂着鼻子问,这是什么东西?杜言毫不掩饰地嘲笑道,不会吧?你连榴梿都不认识?怎么做我女朋友?屋子里的人"哗"的一声笑翻天。

我有些窘,其实这是我第一次见到杜言,想不到他这样出言不逊,可是我不能显得小家子气,特别是我还需要他配合我才能完成工作。我只好硬着头皮说,我最爱吃榴梿了,一把拿过来放进嘴里,皱着眉头吞下去。一转头我却看到杜言脸上坏坏的笑,我恶狠狠地瞪了他一眼。

那是我第一次吃榴梿,却是食之不知其味。过后跑到街上,扶着墙,胆汁都吐出来了,眼泪鼻涕一大把。一抬头,看到杜言就站在旁边,淡淡地笑着看我,递过来一张有香味的纸巾。

二

一天中午下班后,公司里只剩下我和另外一个女同事小梅,吃完饭我们正讨论香水的味道,时装的款式,突然杜言来了,俊朗的外形,手里却不相称地提了一个塑料袋。我看了一眼,心中"咯噔"一下,不会又是拿榴梿来了吧?看着他熟络地和小梅打招呼,然后把手里的东西塞到我的怀里说,留着慢慢吃吧。我如临大敌,赶紧推出去,一边笑道,无功不受禄。杜言定定地看着我说,小小礼物,你何必这样拒人于千里之外呢?我冷笑道,无事献殷勤,非奸即盗。杜言恼怒道，说什么啊，小小年纪，伶牙俐齿，早晚会有人收拾你。他蹲下身把塑料袋放到我的办公桌下面，扬长而去。

他一走，小梅雀跃地起身打开那层层包裹的宝贝，原来是一只丑陋无比的榴梿。小梅泄气地坐下来说，我还当是什么好东西，原来是一只榴梿。

我掩嘴偷偷地乐，其实我早就猜到是榴梿。

上班的人陆续回到办公室，有人闻到这样怪怪的气味，寻根索源，一直找到我的办公桌的底下。我在心里恨恨地骂杜言，这回可真的害我不轻，送什么不好，偏偏送这么个臭东西，待会儿老板来了非发脾气不可。我不知道把这东西藏到哪里好，急得出了一脑门的汗。

让我想不到的是，我的同事之中有很多人喜欢吃这种又丑又怪的水果，他们不大一会儿工夫便瓜分完毕。老板来了，深深地嗅了两下鼻子，什么也没说便回了办公室，我才把一颗悬了半天的心放到肚子里。

可是不大一会儿，老板的女秘书，迈着优雅的步子过来找我，说老板找我去一趟，刚刚放下的心立刻提了上来。

果然，老板沉着脸说，以后别把这种味道较大的东西带到办公室里来。我无法争辩，只能连连点头称是。

三

我没有指着杜言的鼻子骂他，已经是给他天大的面子了，可是他得寸进尺，隔三岔五便送来一个臭榴梿，放到我的办公桌的下面，也不管我愿意不愿意，有时候他会说是路过，顺便上来看看我；有时候他什么都不说，一声不吭就走了。

弄得我每次他来都会心跳过速，紧张万分，不知道把榴梿藏到哪儿好。杜言送来的那些榴梿倒是便宜了我的那些同事，让他们大饱口福。但却害得我每次在同事们吃完榴梿之后，忙着开窗通风换气，然后喷洒空气清新剂，忙得一头汗，还要担心老板骂我。

有一天，去下面分厂刚回来，就发现办公桌的下面有一包东西，那天刚好在下面的厂子里受了气，一看见那包东西就知道是杜言送来的，气不打一处来，赶紧开窗换气，赌气想把榴梿从窗口扔出去，小梅不让，撕扯间碰掉了窗台上的一个小花盆，只听楼下“哎呀”一声，声音大得满楼的人都能听到，小梅吓得花容失色，我也是脸色苍白，这要是出了人命，可不是谋杀吗？我们俩面面相觑，不知道怎么办才好。关键时刻还是小梅，临危不乱，处变不惊，她说，还不下楼去看看？

一语惊醒梦中人，赶紧跑下楼，一看被砸中的人刚好是杜言，额角已经被花盆的瓦片擦出了血，他捂着额头，疼得龇牙咧嘴，看见我气喘吁吁地跑下楼，指着我半天才说出话来，你想谋杀亲夫啊？

一看是他，我心中的石头落了地，恶狠狠地回言，你最好别骂我，都是你送的那只榴梿惹的祸，搁又没处搁，放又没处放，吃又不好吃，你也不想想，给我添了多大麻烦啊？

杜言说，还有心情在这儿说我的不是，快点送我去医院啊！我忍不住笑出来，对杜言说，你去买张彩票，说不定会中奖，这可是万分之一的概率啊。再说了，你这点伤还值得上医院？杜言指着我骂道：你可真是个没良心的小丫头。

四

本来杜言只是擦破了点皮，去医院擦点药，包一下也就完了，可是他坚持要住院治疗，理由有两点，第一，如果因此得了破伤风，英年早逝，对人民对父母没法交代；第二，如果帅哥因此变成了丑男，与漂亮妹妹擦肩而过，更是损失巨大。另外住院治疗期间的医疗费由我承担。

这整个是一不平等条约，我气鼓鼓地说，抗议，这是你单方面的协定，合约无效。

杜言夸张地叫，你还讲不讲点人道主义？我都这样了，你还在这儿无理取闹。

我被他气得说不出话，干脆不理他，瞎耽误工夫，迟到了要扣奖金的，于是气鼓鼓地赶回单位上班。

我打定主意不去，可是快下班时，一遍、一遍地收到杜言发来的手机短信，我不回。后来他便干脆打我的手机，我不接，铃声便不依不饶地一直响，同事们都用怪怪的眼神看我，到后来，我索性关掉手机。小梅问我是谁，我没好气地说，是放高利贷的。

第二天一上班，维安就说老板找你，我听了吓了一跳，回顾了一下，近来好像也没犯什么错啊？进了老板的办公室，老板说，昨天下班后想跟你要公司下面分厂的一个数据，打你手机，发现你关机了，以后注意，公司给你配备的手机是工作用的，不要随便关机。我听了唯唯诺诺地找借口，说昨天刚好手机没电。

出了老板的办公室，心中愤愤然，一天没开手机居然会挨老板的批评，真是老天都不帮我。开了手机，一条一条的短信，大约有十几条，都是杜言这个浑蛋。他说快来医院给我送饭，否则我就快饿死了。没办法，只好给他回了一条短信，在医院的一楼餐厅自理，我没有这个义务。

没过两分钟，紧接着又收到杜言的手机短信，他竟然威胁我，再不去医院，就到公司找我。

越想越有气，但也真的怕他来公司和我纠缠。下班后，气郁难平地冲向超市，和鸡鸭鱼肉有仇似的，买了一堆，恶狠狠地扔到锅里煮汤，然后送到医院。

杜言正倚着床头，戴着耳机听音乐，摇头晃脑的样子，一点儿都不像受了伤的人，我看了气不打一处来，努力平静下来说，杜言，以后请不要再给我打电话了，就当我求你了，你没完没了地骚扰我，让我怎么在公司里混下去？你真是太自私了。

杜言嬉皮笑脸地说，哪有那么严重，只要你答应天天来给我送饭，我保证以后不再打电话骚扰你。天啊，还有这样的人，搞得我像欠了他的债似的。

五

从此后，惨痛的日子到来了，每天在公司、医院、超市和家之间来回奔波，我很快就瘦了下来，身材苗条得一塌糊涂，却因祸得福，省下了一笔去形体中心的钱。小梅问我，你吃了什么减肥药这么灵验？我苦笑不已。

而杜言，整天躺在医院里，白吃我做的美食不算，还要对我指手画脚。今天批评我鸡精放多了，明天批评我鸡肉烧老了，甚至吹毛求疵，说我做的鱼刺太多。我忍受着他的无理取闹，只盼着他快点出院。

每天下班后，去超市买来鸡鸭鱼肉菜蔬，慢工细火，煲了靓汤，去医院送给杜言。杜言得意得嘴都笑歪了，暗地里得意地对小梅说，真要感谢那只榴梿，不然怎么会喝上这么好喝的汤？我听了暗暗冷笑。

一天下班后，挑了翠绿的冬瓜，新鲜的排骨，精心地煮了冬瓜排骨汤，比平时多加了一勺盐，然后去医院送给杜言，杜言接过汤，喝了一口，便皱起了眉头，我忙温柔地问，汤好喝吗？杜言苦着脸，连说好喝，暗地里却咕哝道，最毒妇人心。我忙问他，你说什么？他一脸明媚的笑，我是说汤好喝。我说那你都喝下去啊，杜言没办法只好喝下去，然后不停地喝水，一趟一趟地跑厕所。

我问杜言，明天想喝什么汤啊？我煮好了送来。杜言忙说，我的伤好了，不用再喝汤了，这一个星期，你表现得还不错，从现在起正式取消送汤这一项服务。

我捂着嘴，暗自偷乐。杜言自此乖乖地出院，再没有给我添麻烦。

六

那之后，杜言很久没有再来公司送榴梿，不知为什么，心中竟有一丝淡淡的怅然若失。下班后，回到家里，沉闷地坐在阳台上听王菲的《流年》。

不知不觉间，日子便匆匆流逝。过完春节便是情人节，想着这样的日子将要一个人度过，心中便有些疲惫的感觉，仿佛日子已苍老却又冷清。异乡的打工之路，走得辛苦而又寂寞。我开始想念杜言，想念他抱着榴梿傻傻的样子，想念得毫无道理。

情人节那天，办公室里的许多女孩子都收到了礼物，我担心杜言会抱着榴梿送给我，果然，担心什么来什么，中午下班之后，杜言抱着一个臭榴梿出现在办公室门口的时候，我差点晕倒，这个男人，怎么这么笨啊，一点创意都没有，就会这一招。我恶狠狠地瞪了他一眼，嘴不饶人地刻薄道，你有亲戚卖榴梿啊？这么卖力地帮人推销，一定是拿了不少好处吧？杜言嬉皮笑脸地点头说是。我扭过头去，不理他。我把榴梿放在办公桌上，对大家说，谁喜欢就拿去吃吧！

杜言急得对我挤眉弄眼，摆手示意，就差抹脖子上吊了。我对他横道，看什么看，榴梿给了我，我愿意给谁吃就给谁吃。

小梅拿起刀把榴梿撬开，随即大家惊喜地尖叫，我随口问道，高兴什么啊，捡到金子了？小梅说，可不是，里面藏了一枚钻戒呢！我伸头过去看，果然看见一只亮闪闪的铂金钻戒。

大家把我推到杜言身边，杜言轻轻地为我戴上了戒指，我幸福得要晕过去，越看那只臭榴梿越可爱，因为那里面藏着我的幸福。

香啊香的灵魂

一

那天我并没有喝太多酒，但是看到梅嘉的时候，我还是觉得热血往头上冲，脑袋一片空白，醉眼欲加迷离。

梅嘉穿着低胸的紧身小衫，拿着拖布在拖地，身体弯成九十度，让我想起街边竖起的房地产广告大招牌，上面也是这样一个低胸女人，旁白：不能再低了。创意让人莞尔，时代真的不同了，早年怎么会让这样充满诱惑的广告当街而立？那还不定惹出多少事端。

我看着梅嘉，她穿着质感厚实的牛仔短裤，两条长腿在眼前晃来晃去。我咽了一口口水，往后退，退到门边，结结巴巴地对梅嘉说，对不起，我走错门了。说着，我退回到走廊里，看看门牌号，1101，见鬼，这明明是我的家，怎么会有一个不相干的女人在拖地？当真有田螺姑娘下凡尘，给我做饭？

我倚在白粉墙上，点燃一支烟，狠狠地吸了一口，顿时呛得鼻涕眼泪直流，于是满口袋翻面巾纸，可是什么都没有找到，这时，一只纤纤素手递过来一张带着茉莉香味的暗花纸巾呈现在我的眼前。不用看我也知道，一定是苏茉莉。苏茉莉喜欢用有茉莉花香味的纸巾，茉莉花香味的沐浴露，茉莉花香味的香水。我曾经是那么喜欢这种香味，喜欢苏茉莉身体上的茉莉花香味，喜欢得要命。可是现在，我只要一闻到茉莉的香味，就会恐惧、战栗，甚至想吐，内心里拼命地抵制，我曾经试图改变，可是一切的挣扎都是徒劳的。

苏茉莉小心翼翼地问我，怎么不进去？过道里凉，小心生病。我有些悲哀，自从出了那件事之后，苏茉莉对我，一直都是小心翼翼的，仿佛我是一个瓷人，很大声就会碎裂。其实，其实我多么希望她还能像从前那样，撒娇，任性，伏在我的背上，让我背着她满屋走。可是，一切都变了，她变得细小，可怜，唯唯诺诺。我变得烦躁，不安，不像个男人。

我不看苏茉莉的脸，嗫嚅着说，家里有个美女在拖地，我以为走错门了。

苏茉莉笑了，瞎扯，那是我请的保姆，没有跟你商量，你不会怪我吧？

二

梅嘉的出现，生活彻底乱了套，有事儿没事儿，她总在我的眼前晃悠，如果说苏茉莉是一朵小巧安静的小白花，梅嘉则是一朵热烈奔放的红玫瑰。

有一次，我在书房里赶一篇约稿，梅嘉在隔壁的房间里拖地，这个保姆真不怎么样，仿佛只会拖地。她做的菜实在不敢恭维，别说样子不怎么样，就连咸淡都掌握不准，不是咸了，就是淡了，但是苏茉莉却吃得很专心、很诗意，仿佛眼前是一道法国大餐，鹅肝鱼子酱，需要慢慢地品尝和回味。

梅嘉拖地的时候，会放音乐，然后她拖地的节奏就随着音乐起伏。我站在过道里偷偷地看她，她像有心灵感应似的，慢慢地转回头，看我，嫣然一笑，两只眼睛会放电似的，看得我心神不定。她放下拖把，不好意思地说，先生在家啊？打扰你了吧？我把音乐开小点声。

我干咳两声，掩饰地问，你喜欢跳舞是吧？梅嘉欣喜起来，是啊是啊，你怎么知道？先生也喜欢跳舞吗？

这个自说自话的女子，不由分说，拉过我的手，在客厅里旋转起来，我的手搭在她纤细的腰上，她的手则慢慢吊在我的脖子上，我挣扎起来，掰她的手。怎奈，她的十指紧紧地扣在一起，她眯缝着眼睛，嘟起嘴唇，一口气轻轻地吹在我的鼻子尖上，她嘲笑我，你怕什么？我的额上冒出了汗，心猿意马起来。

第一次，我对苏茉莉以外的女人心猿意马，我觉得对不起苏茉莉，苏茉莉那么娇小、纤弱，需要我的保护，更重要的是，我和苏茉莉四岁那年就认识，二十多年了，一直不曾分开过，现在不想，将来也不想，我不能想象没有她的生活。

三

苏茉莉回来的时候，天已经黑了，我接过她的包，直接丢到沙发上，然后迫不及待地把她拖进卧室里，一件一件地剥她的衣服，然后把她抱到床上，我像一个战士一样冲上去，可是一闻到熟悉的茉莉花的香味，我便颓然从她的身上翻下。

还是不行，真的不行。

我和苏茉莉看着天花板，直挺挺地躺在床上，那点可怜的自尊被剥落之后，剩下的唯有叹息和眼泪。苏茉莉猫一样拱进我的臂弯里，悄无声息，长发散乱地盖住她的脸，我知道她哭了，她的哭泣那么隐忍，那么让人怜惜。

我轻轻地抚摸她的背，她渐渐安静下来。

是两年前吧。

两年前，还年轻，岁月不曾苍老。我和苏茉莉去江西的一个小镇采风，回来的时候，天色已晚，我们开着一辆吉普车，在盘山路上慢慢行驶，可是终归地形不熟，加上山路地势险峻，两眼炯炯，不敢有一刻疏忽，但是还是出事了。急转弯的时候，车子被甩出路面，眼看就要掉进左边的悬崖，那么娇小的苏茉莉，坐在副驾驶的位置上，不知哪儿来的勇气，抓住方向盘拼命向右打，结果撞在一块巨大的山石上，车撞得面目全非，苏茉莉受了重伤，当场昏迷，而我只受了轻伤。我抱着苏茉莉向路边飞驰的车求救，因为是夜晚，很多司机怕遇到坏人，不肯停。我抱着苏茉莉跪在路边，那时候我想，哪怕用我的命换苏茉莉的，我也会在所不惜。

伤好后的苏茉莉，变得安静隐忍，她的额头上留下一块伤痕，像一张嘴的形状，狰狞，可怖。从不留刘海儿的她，去理发屋剪了齐齐的刘海儿，贴着眉毛的形状，中间稍长，两边弯弯的。

人变得俏皮可爱了，可是每次我们两个人纠缠在一起的时候，我都会想起她额头上那张微微张着的嘴，再大的激情也会在瞬间无影无踪。

四

昨天晚上睡前，苏茉莉说要出差，去上海一周。苏茉莉的话像一块石头，投进了平静的水面，我一夜无眠。苏茉莉一走，家中只剩下我和梅嘉，梅嘉那个小妖精，眼神会转着弯地勾人，我怕我会抵挡不住，只要梅嘉拉出进攻的架势，我不能保证能防御得住。

我犹豫再三，轻轻地推睡在身边的苏茉莉，把梅嘉辞了吧！找那么漂亮的保姆放在身边，你不怕我吃窝边草啊？苏茉莉醒过来，眼神清澈地看着我，说，我和梅嘉签了一年的合同，现在辞了她，只怕要赔她好多钱，还是等等再说吧！至于窝边草，你爱吃就吃吧！只要你行！

苏茉莉说得很轻松，言简意赅。傻子都听得出来，她是说我床上不行，每次都败北，所以她放心地把我和一个美女关在一个屋子里。这大大地刺伤了我并不怎么坚强的自尊心，我倒真的想试试，和苏茉莉以外的女人在一起，我到底是不是真的不行了？

抱着这样的想法，所以我并没有坚持把梅嘉辞掉。甚至当梅嘉用眼神撩拨我的时候，勇敢地迎了上去。那天，梅嘉又在拖地，我从她的身边经过的时候，故意不小心碰到她的屁股，梅嘉的脸红了。我正想说点什么表达我混乱的思绪，门铃响了，收水费的大妈来了，梅嘉在她的身后冲我扮鬼脸眨眼睛，我恨恨地瞪她。后来她居然温柔地对我说，晚上来我屋吧！

得此将令，理应欢欣鼓舞才是，可是我看到墙上苏茉莉的照片，自责像泛酸水一样，顿时冒出来，心中矛盾不已，一方面我觉得对不起苏茉莉，一方面我真的想试试，自己是不是真的不行了。

去梅嘉的房间找她，她居然没有开灯，而且关照我不许开灯，说她害羞。

一挨着她的身体，我像着了火一样，只觉得干渴。不再是我熟悉的茉莉花的香味，而是香奈儿的味道，我皱着鼻子深深地吸了两口，然后长驱直入，首战告捷。

眼泪忍不住落下来，两年了，我第一次做回我自己。

五

苏茉莉出差回来，给我和梅嘉都买了礼物，我的是剃须刀，梅嘉的是香奈儿香水，就连苏茉莉身上也隐隐约约的有香奈儿的味道。

可能我对香水过于敏感，问她，茉莉，你换了香水？苏茉莉说，可能是我给梅嘉买的那瓶香水没盖严，渗出来一些，你喜欢这种味道啊？那我也换成香奈儿？

我没有点头，也没有摇头，我不能肯定苏茉莉换成香奈儿就能变成梅嘉。

苏茉莉出差回来之后，我再也没有去找过梅嘉。有一晚，苏茉莉她们公司有酒会，打电话回来说，可能回来晚些。我像得到了赦免令，洗了澡，收拾干净就摸到梅嘉的屋子里，我像一只猫一样，偷鱼偷到走顺了脚。

那晚照旧没有开灯，梅嘉似乎刚洗了澡，头发湿漉漉的，身体上散发着淡淡的香奈儿的味道，我们之间似乎已经有了默契，不用说话，只用手语就足够了。

不知什么时候，床头柜上的灯亮了起来，散发着柔和的光，我和她纠缠在一起，我抚着她光滑的背，亲吻她的唇，当我发现她是苏茉莉而不是梅嘉的时候，想停下来，却不能够。

停下来之后，我和苏茉莉平躺在床上，调匀气息，我问她，一直以来，都是你，是吗？

苏茉莉点点头，她的泪一直顺着脸颊往下流，我伸出手，轻轻地替她拭掉。别哭，亲爱的我们该高兴才对，不是吗？

苏茉莉使劲地点头。

自从车祸之后，苏茉莉清秀的脸蛋上留下一块狰狞的疤痕，这块疤痕成了阻挡我们幸福的障碍，今天终于逾越了它，真的该高兴才是。

苏茉莉侧过身看着我，她的目光依旧清澈见底，她问我，你就不想知道梅嘉是谁吗？我摇了摇头，又点了点头，毫无悬念地说，知道，她是你请的心理医生。

六

女人有两种，一种是身体上的惊艳，一种是灵魂上的相依。

当我终于穿越她的衣貌外表，抵达她香啊香的灵魂，我才真正地到达她了。

我的天瓶装不下你的泪

你会嫁给我吗

周一去公司上班，听说公司里来了新上司，别迟到被抓了典型才好。我手里端着朱颜送给我的小小一盆的兰花，急急忙忙地赶到公司门口，抬起手腕看看表，还好，还差两分钟，上到二十一层的办公室里，时间刚刚好。我每天都是这样，踩着时间，一分不早，一分不晚。

电梯下来，我端着花盆侧身挤进去，刚刚站稳，谁知道一个冒冒失失的女子闯进来，一下子把我手里的花盆撞翻在地，打烂了，刚刚想发火，回头一看，天啊，又是江紫夕。狭路相逢终没能幸免，我怒目而视，说出来的话掷地有声，我和你有仇吗？你为什么要害我啊？江紫夕撇了撇嘴说，不就是一盆破花，至于发这么大的火吗？她低声嘟囔着，还男人呢，这么小气，大不了我赔给你啊！

我一听就来了气，做错了事还这样蛮横，也只有江紫夕这样的女子才会如此，我讥讽道，你懂不懂礼貌啊？老师没有教过你？打烂了人家的东西要说对不起，况且，你赔得起吗？这是我女朋友送给我的，让我养在办公室里，什么时候开花了，她就嫁给我。现在花都没有了，开花就更没有指望了，你说怎么办？

我看着江紫夕，她并不看我，梗着脖子看着别处。我恶作剧地说，不过呢……我故意拉长腔调，补救的办法也不是没有，就看你有没有诚意了，我的女朋友不会嫁给我了，不如你嫁给我吧！花你也不用赔了。

电梯里的人“哗”的一声笑出来，人人看着江紫夕，这丫头窘得红了脸，眼神倔强地瞪了我一眼。我心中温柔地牵动了一下，那眼神像一股火苗，迅速地烧到我，但只是一个瞬间而已。现在我的心中甚是快慰，捉弄了这个臭丫头，终于报了那一箭之仇。

然而，我的心中快乐的涟漪还没有消退，新上司训话，我做梦也没有想到，新来的上司竟是江紫夕，射手座女子，刁蛮任性还有点小小的自私。我心中暗暗叫苦不迭，以后恐怕没有好日子过了。我低着头，摆弄着手里的钢笔，不敢和江紫夕的目光对峙。

谁说我要自杀

和江紫夕的相识非常偶然。

那天天气非常炎热，我和相识三年的女友朱颜一起去海边游泳。朱颜是个温柔可人、善解人意的女孩，在一家外企工作，人很漂亮，对我也很好，惹得一帮朋友都十分羡慕，如果不出现意外，她会是我结婚的第一人选。

海边的人很多，游了一圈之后，我和朱颜躺在沙滩上享受日光浴，朱颜用沙子把我埋起来，然后在我身边躺下，十指相扣，一起看着远处碧海连天，海鸥飞处，白帆点点，若隐若现的岛屿，海岸线上随风摇摆的绿树，脚下的白沙，恍如人间仙境。

朱颜慵懒地闭着眼睛，我则把眼睛眯成一条缝，欣赏着远处的风景。我忽然发现距海岸二十米远的地方，漂着一个紫色的影子，足足二十几分钟，一动没动，随着海浪轻轻地漂浮，看轮廓似乎是一个穿着紫色泳衣的女子。我想起在报纸上看到的一则新闻，一个女孩失恋后，选择的自杀方式就是吞了安眠药，然后躺在气垫上，随着海浪漂，漂到哪儿算哪儿，据说这样被救的机会非常小。

我有些沉不住气，一把拉起身边的朱颜，指着那个影子说，我已经盯了足有半个小时，一动没动，你说会不会是自杀啊？朱颜揉了揉眼睛，持怀疑的态度说，不会吧？

没等朱颜说完，我一下子跳起来，向海边奔去，朱颜没有防备，在身后拽了我一把，没有拽住，看着我跃进了白色的海浪，奋力向那个影子游去。

我曾经得过市里的游泳比赛自由泳业余组亚军，水性非常好，小时候有一段时间我曾幻想长大了做一名游泳健将。

眨眼工夫，我游到了江紫夕的身边，一把把那个紫色的影子抱在怀里，用十二万分的真诚对她说，丫头，没什么大不了，没有过不去的火焰山，想开点儿好吗？

那个紫色的影子是江紫夕。她在我的怀里猛然睁开眼睛，吓了我一跳。

她在我的怀中挣扎，手脚乱抓，湿淋淋的像一条离水的鱼，还没等到岸边，她就迫不及待地甩了我一巴掌，眉梢眼角藏着锐气，一直逼视我的眼睛，嘴里轻柔地吐出两个字：有病。

我被打得措手不及，傻傻地愣在那里，捂着脸傻傻地问，原来你不是想自杀啊？害得我连个英雄救美的机会都没有。

拖着泳圈，走出老远的江紫夕，回头不屑地对我叹气道，你这么大人了，拜托你别那么幼稚好不好？坏了我的一世英名。我受此大辱，青了脸站在那儿，半天才自嘲地笑，算我多管闲事好了。

朱颜观此巨变，跳起来，指着江紫夕说，你怎么打人啊？他好心救你，你却如此蛮不讲理。朱颜气得脸上变了颜色，我很少见她如此的，拉住她的手说，算了算了，别和她一般见识。

别抢我的石头

一个月之后的一天傍晚，下班之后我开车去中山路。朱颜昨天无意中说起中山路上新开了一家饰品专卖店，里面的东西非常漂亮。

朱颜是二月份的生日，水瓶座，她过生日的时候，想要一块生辰幸运石，那时我刚好在外地出差，所以一直没有满足她这个小小的愿望。

车上立交桥时，旁边的路口蹿上来一辆白色的“都市贝贝”，车身很小，却神气十足，旁若无人地插到我的前面。我瞅了瞅，车后的玻璃上贴了一个条幅，上面写了几个字：别吻我，我还没长大。我不禁哑然失笑，踩了油门，超车的时候，留心地看了看车里的人，是个穿着白衣的女子，脖子上飘着一块紫色的丝巾，不看则已，一看之下我不由得笑了，我认出是她，那天在海边遇到的那个小丫头。

我把越野车开得飞快，超车的时候，从后视镜里看到“都市贝贝”

有一丝慌乱。然后我放慢速度，和她并行，一点一点逼近那辆玲珑小巧的“都市贝贝”，江紫夕在车里慌了神，恶狠狠地冲我瞪眼，并且违规地摁了两声喇叭。我好脾气地对她笑笑，一直把她逼到栏杆边，她猛然刹车停下，我才悠闲地对着她吹了一声口哨，心情畅快地呼啸而去，总算报了这个疯丫头的一言之仇。我一边开着车，一边不由得笑了，自己什么时候变得这样琐碎而小气？有点不像男人。

到达那家专卖店时，天已经擦黑，好在到晚上十点才会关门。我在店里挑了一个泪滴形紫水晶吊坠，因为朱颜是水瓶座，所以她一直想让我送一块紫水晶给她，她说紫水晶是她的幸运石，会给她带来好运。漂亮的女店员说，这是最新款的，到货没几天，并且每款都不重样，可以免费为吊坠配一条精致的黑色丝质颈带。

我站在那里等，为了朱颜，我有足够的耐心。刚刚把那颗泪滴形的紫水晶握在手里，谁知身后伸过来一只纤纤素手，趁我不防抢那只紫水晶，一边笑嘻嘻地说，我买了。我下意识地紧紧地握住不撒手，惊疑地回头，愣在那里，是刚才招摇地开“都市贝贝”乱跑的江紫夕，肆无忌惮的眼神，充满野性和挑衅。我不由得下意识地摸了一下上次挨了她一巴掌的半边脸，皱着眉头说，凡事儿都有个先来后到，是我先看上的，你去别家店里看看吧！谁知她却自说自话，我叫江紫夕，你选别的吧，只要不是这块紫水晶，我替你埋单。我哼了一声，没好气地说，臭丫头，我会买不起一块小石头？

中了温柔的圈套

就那样和江紫夕结下了仇，可偏偏这个臭丫头现在又成了我的顶头上司，只怕以后，再也不会有好日子过了。

可是让我感到意外的是，一连很多天都是风平浪静地平安度过，江紫夕并没有找我的麻烦，我心中疑惑不已，暗忖难道是自己错看了这丫头？或许新上司并不像自己这么小气，也说不定。

没想到江紫夕走马上任一个月后，中秋节后一天，她让我晚上下班后等她。我冷笑，这丫头终于沉不住气了，静极思动，且看看她有什么花招，我当然不会害怕一个臭丫头，只是不知道这个花样百出的臭丫头又有什么鬼主意。

我做梦也没有想到，江紫夕会约我去喝茶赏月吃月饼，张扬、不羁、不懂得掩藏的江紫夕，竟也会这样安安静静地喝上一杯茶？我有些难以置信，难道她是想化敌为友？

这样想着，就跟着江紫夕去新街口的一家茶吧，江紫夕说，这顿功夫茶是给你赔罪的，另外还要赔一盆兰花给你，影响了你娶妻生子，岂不成了千古罪人？江紫夕态度诚恳，温柔妩媚，说得我气消了大半，想着自己以小人之心猜度她，倒有些不好意思起来。

两个人默默地听了一会儿《紫竹调》，丝竹的悠扬婉转，使我渐渐失去了防备，沉浸在优美的乐声之中。江紫夕说，我的眼睛好像进了灰尘，你帮我吹吹。我没有多想，隔着桌子，就把头伸过去，贴着她的眼睛看了一下说，好像没有什么东西。江紫夕说，你还是帮我吹吹吧！好人做到底。

我这时才觉得，这张脸，活色生香，精致的额头，诱人的红唇，此刻只有五厘米的距离，在眼前晃动着，心不由得突突地乱跳，胡乱对着江紫夕的眼睛吹了一下，赶紧放下来。一回身，差点摔到椅子下面，因为我看到朱颜，天啊，朱颜就站在我身后两米左右的地方，正对我怒目而视，然后掩面跑了出去。我回头看江紫夕，她好看的脸上露出顽皮的笑容，我才发现，自己中了她温柔的圈套。

但是此刻却顾不得和这个臭丫头较劲，尽管心中被闷气胀满，也只能转身去追朱颜。

我的天瓶装不下你的泪

和朱颜的一场感情，到头来就这样无声无息地落幕了，我知道，以我对朱颜的了解，朱颜一定不会原谅我，她根本不肯听我解释。

江紫夕这个女巫，提着一把有毒的剑，到处放火，火烧起来了，她却没事儿人一般，躲到一边看热闹。

周一的早晨，我一上班就蹿到了江紫夕的办公室里，和她激烈地争吵起来，很多同事都躲在外面静静地关注着局势的走向，却没有一个人出面劝解。我完全不顾及江紫夕是我的上司这一现实，因为我打算吵完了就辞职。我从来没有这么激动过，自己也说不清楚为什么，我逼视她的眼睛问道，你为什么这么恶毒？唯恐天下不乱？

江紫夕低着头在看一份文件，并不抬头看我，我逼视她的眼睛，她低了气焰，悄声说，我爱上你了，这个理由够不够？我一下呆住了，我想不到江紫夕会甩出这样一句话，轻而易举地把我打败了，我还能说什么？爱一个人总是没有错的，更何况爱的是我。

我一句话没说，默默地退出了江紫夕的办公室，回到家里，心中苦笑，看来自己真的斗不过这个臭丫头，只一句简简单单的话，就让我输得方寸大乱。

我没有开灯，一个人坐在暗处，听沙宝亮的《暗香》，我问自己，真的那么恨江紫夕吗？尽管她给我添了很多的麻烦，可是我真的不恨她，相反倒是有一点点的牵挂，我觉得自己中了江紫夕的毒，而且症状不轻。此刻最该想的是朱颜，看看还有什么办法补救，毕竟三年多的感情，但却不可救药地想起了江紫夕，这个疯狂如女巫一般的女子，令我的心口胀满绵密的酸疼。

情人节的前一天，在太平洋百货遇到朱颜，她的身边是位身高马大的德国男人，其实她的身边从来不乏优秀的男人。她看我的眼神让我发冷，我攥住她的手腕说，给我一个解释的机会好吗？朱颜的唇边开出一朵淡淡的笑容，解释什么？解释你受到她的诱惑？其实你的眼睛里写得清清楚楚，不必再自欺欺人，我的天瓶装不下你爱情忧伤的眼泪。

我慢慢松开朱颜的手，看着朱颜转瞬消失在人群中，我的眼睛有些酸涩，这个女人从此跟我再不相干了吗？

我忽然觉得不知道干什么好，满街乱走，在电车站遇到了江紫夕，我过去跟她打招呼，你的“都市贝贝”呢？江紫夕淡淡地说，不小心吻了别人，被拖进修配厂了。

江紫夕怀里抱着一纸袋的东西，面容有些憔悴，我忽然觉得心中有些茫然，这么快乐的丫头也会有暗淡的一面？她轻声问我，好久都没有你的消息了，你们结婚了？我摇了摇头说，我跟朱颜分手了。江紫夕无语。我想告诉她，其实我不恨她。可是我什么都没说。

生活在都市里，到处都是欲望与诱惑，把持不住自己，不想失去左手的幸福，也不想丢掉右手的甜蜜，贪婪的结果，只能是两手空空。

天上掉下个男朋友

一

办公室里公认的钻石王老五，我的顶头上司夏天，最近对我格外关照，对于我做的报表，横挑鼻子竖挑眼的，磨蹭时间的结果，也无非就是让我在他的办公室里多待一会儿，有时还会莫名其妙地端上一杯咖啡给我，令我受宠若惊，每回去他的办公室，都如临大敌，鼻尖上冒虚汗。俗语说得好，无事献殷勤，非奸即盗。当然了，出于同事间纯洁的友谊，也是可能的，也不能把人尽往坏处想。

不过最近两天，我的办公桌上，老是收到莫名的蔷薇。第三天，夏天找机会把我叫到他的办公室，迫不及待地暗示我做他的情人，仿佛我是甩卖时漏掉的商品。我对他笑得如春花般明媚，心里却想，去死吧！竟然算计到我的头上了。于是从红嘟嘟的嘴唇中挤出一句软软的话，No，我不打算做别人的情人，不然你娶了我？我知道夏天刚刚从一场婚姻中胜利大逃亡，不可能这么快再进围城，这是他的软肋。夏天也不含糊，温情款款地对我说，婚姻会束缚我们的个性，让我们自由发展好吗？说着嘴边牵出一个暧昧的笑容。我仍然好脾气地笑着对他说，夏经理真是洒脱的人。

出了夏天的办公室，忍不住悲从中来，二十六岁而已，真的就老到不堪？身边的那些亲人朋友，恨不能顷刻把我减价处理掉。想到伤心处，硬是落下了几滴感伤的眼泪，这是明摆着欺负我没有男友，想揩油，痴心妄想去吧！脸上忍不住挂出了恶狠狠的表情。

刚好设计部新来不久的小帅哥苏朗从电梯间里走出来，我的表情被他一览无余，他笑道，妹妹，这是和谁过不去呢？我瞪他一眼，恨恨地说，没大没小，谁是你妹妹？苏朗一脸坏笑，那我以后叫你老姐吧！一听这个“老”字，更是让我望而生畏，甩开大步，头都不回地逃回了办公室。

二

夏天隔三岔五地找机会骚扰我，弄得我不胜其烦，偶尔会送一束蔷薇，也不署名，公开放在办公室里招摇，苏朗便大声嚷嚷，谁这么缺德，送玫瑰也就罢了，偏偏给我老姐送蔷薇，这不是成心刺激她吗？我听了恨得牙痒痒，恨不能吃他的肉方才解心头之恨，恶狠狠地从牙缝里挤出两个字：闭嘴！苏朗颇识时务地闭上嘴巴，冲我做了个鬼脸。看着他的样子，心中不禁感叹：真是少年不识愁滋味。

一天，正和办公室里的小方在公司楼下的小餐厅里吃饭，苦于夏天的纠缠，一直没有什么胃口，刚好看到苏朗从窗外经过，小方便附在我的耳朵上说，我有一条妙计，保准退敌千里。我听了像抓住了一根救命的稻草，顷刻间眼前一亮。

傍晚下班后，我用眼角盯着门口，一边抓紧时间抹上口红，看见苏朗从对门的设计部里走出来，我便抓起桌子上的包一步蹿到电梯门口，调匀了气息，若无其事地等着电梯。

老远，苏朗就喊，老姐，这么巧啊，约了人了？我摇摇头。苏朗叹气道，老姐这么惨，不如我做点好事，请你吃饭吧！若是平时，我早就柳眉倒竖，骂他个狗血喷头，可今天不一样，早就设下了一计，等着他上钩呢，所以从从容容地说，好啊。苏朗歪着头笑道，你不怕别人看见了说不清楚？我才不怕呢，你这样一个小毛孩子，想有点什么事儿，别人谁会信呢！苏朗凑到我的耳朵边上说，老姐，尽管我比你小，但什么坏事都会干，要不要试试？先教你打个Kiss，说着便把头歪过来，作势要吻我。

我红了眼圈，要哭出来的样子，苏朗慌了手脚，也不叫我老姐了，低声下气地说，朱蓝，我是和你闹着玩的，怎么当真了？他急得直搓手，吓坏了的样子，我忍不住笑出来，骂道，臭小子，连你也欺负我。

苏朗抚着胸口说，吓死我了。我忙说，你怕什么？我又不吃人，只是想和你商量点事情。把你借给我，做几天我的男朋友好吗？苏朗惊喜起来，眼睛里闪耀着亮晶晶的小火星，嬉皮笑脸地问，老姐，有佣金吗？我用手轻轻地在他的头上拍了一下说，财迷，你就不能义务奉献一次？苏朗摇头晃脑地叹气，Money才是硬道理，不过先声明啊，我不献身哈，另外佣金每月要结清，小费另算。

这个锱铢必较的家伙，我恨恨地从口袋里掏出早已打印好的为期三个月的协议，清清楚楚地写着权利和义务，我拉着苏朗的手，硬生生地在上面按了手印。

苏朗的脸色渐渐地暗淡下来，我是说着玩的，想不到你来真的，看来你是有备而来！他看着我的眼睛，一动不动，看得我心惊肉跳。苏朗好不容易缓了过来，仍然没正经地说，罢！罢！罢！真是世风日下，可怜我竟把自己租了出去，朱蓝，在你心里，我真的就没有一点好？

本就理亏，索性低下头来跟他耍赖，一揖到底，拜托了！救救急。

三

苏朗这家伙，真的开始以我的男朋友自居，上下班接接送送什么的，有时候送我点小礼物，天气渐渐地冷了，我穿着薄薄的毛衣和薄呢的裙子，冻得手脚发冷，这家伙居然脱了大衣给我披上，我深深地吸了一口气，竟有淡淡的烟草的味道和男人的气息，我提醒自己，千万别晕，这可是租来的男友。为了躲避夏天这个浑蛋上司的纠缠，为了逃避昔日的同学罗杰明的攻势，为了安慰母亲操不完的心，只好出此下策。苏朗是个好孩子，他对我有点意思，傻子都看得出来，我也不是对他没有好感，只是，他比我小三岁，阳光般的青春和前程，何以能背负我这样一个大龄剩女的未来？一念及此，不由得心灰。

小方问我，你真的和苏朗拍拖？我笑笑，支支吾吾说不出个所以然来，小方便用怜惜的眼神看着我，看得我直发毛。

有一天，在茶水间里碰到夏天，夏天手里端了一杯咖啡，看看左右无人，似笑非笑地蹭到我身边说，晚上你去我家吧？我看了他一眼，笑道，不巧，今晚我刚好有事儿。心中恨恨地想，这个家伙跟我玩上持久战了。夏天暧昧地贴着我的耳朵说，想不到，你比我有过之而无不及，装什么装，连那种青柿子也不放过。

我气得浑身发抖，这个色狼竟拿我跟他相提并论，等我回过神来，才发现，他早已走了。我绿了一张脸，走出茶水间，路过设计部的窗外时，苏朗刚好看到我，追出来关切地问，朱蓝，你怎么了？脸色这么难看。我回头没好气地对他喊，别理我，烦着呢！苏朗莫名其妙地看着我，站在那里愣了半天。

我还没有老糊涂，谁对我好，谁对我坏，心中当然很清楚，只是人在屋檐下，不能不低头。也曾想过辞了这份工作，可是一来是做熟了，二来我需要钱，刚好这份工作的薪水还可以，可以养活我和妈妈。再说为什么一定是我辞职，而不是夏天呢！所以打定主意要和他周旋到底。

四

星期天的早晨，苏朗打电话过来，说要我付他工钱，我说周一带到公司里给他，好说歹说他都不肯，只好答应他在一家商场顶楼的俱乐部见面。

昨晚和小方去泡吧，快天亮时才回来，没睡饱，带着一双熊猫眼，穿着随手抓来的牛仔裤、球鞋、银白的羽绒棉袄，慌里慌张地就去了。

苏朗等在门口，西装、大衣，天啊，真有点当年许文强的风范。我拍了拍他的手说，发财了，来这么阔绰的地方，别指望着我会付账。

我掏出两张钞票递给他说，说好月底结账的，怎么现在就跟我要？是不是泡妞经费不够啊？这个星期没有外事活动，所以没有小费，拿着，别乱花啊！我先走了。

苏朗一把拉住我的胳膊，对我吼，穿成这样就跑出来了，还当我是你的男友吗？我回过头来问道，还有事儿？苏朗缓和了语气说，陪我吃饭吧！天啊，这么早叫我来，就为陪你吃一顿饭？你知不知道，扼杀别人的睡眠就等于扼杀别人的生命。我夸张地喊起来，苏朗抬腕看看表说，大小姐，这都几点了。

我想，我真的老了，叽里呱啦，这么多的废话。苏朗一直看着我笑，不说话，我才猛然醒悟，停住嘴，但还是忍不住自嘲，更年期提前了，别介意哈。我这才注意到，桌子上有几样菜，很精致，并且都是我爱吃的。我疑惑地看苏朗，他说，今天是我生日，难道陪我吃顿饭都不可以吗？你可是我名义上的女友，在其位可要谋其政啊，不然我告你渎职。

我坐下来默默地吃东西，这一顿绝对不止两张钞票，我何以会不明白他的心意，只是顾左右而言他，什么叫强颜欢笑，我想我便是。

五

夏天没有再找我麻烦，相安无事地过了一段时间。转眼到农历新年，母亲打电话来，让我一定把男友带回家给她老人家看看，我顺水推舟地答应了，原本要苏朗做男友的目的，很大程度上也是为了母亲。父亲去世得早，是母亲一手把我带大的，供我上了大学，可是眼见着别人家的女儿结婚生子，而我这个不争气的女儿却连个男朋友也没有，母亲每回看到我便把我教训一顿。

天真冷，哈出的气儿都结成了冰，我和苏朗并肩坐在硬板车上，反正也就三四个小时的路，将就一下就到了。苏朗伸手握住了我的手，我的手冰冷而没有温度，我没有挣扎，反正过完春节，我和苏朗的合同就到期了。在他温热的掌心里，我的手渐渐苏醒过来。

到了家，母亲便“翻来覆去”地看苏朗，一直看到苏朗不好意思起来，怯怯地叫了一声妈，这一声叫得我脸像着了火一样，却叫得我妈心花怒放，所谓丈母娘看女婿，越看越爱。顺手从口袋里掏出了两百块钱塞进了苏朗的手里，苏朗说什么也不肯要，两人便相持不下，我说苏朗，你就收下吧，这是我妈的一点心意。苏朗便把钱揣进了口袋里。回过头来，瞅着我母亲不见的工夫，我一把把钱抢回来，对苏朗凶道，这种灰色收入，你也敢要。苏朗振振有词地争辩，既然当初没有写到合同里，这种灰色收入就该一人一半，你怎么可以一个人独吞呢？我拿出撒手锏，问苏朗，剩余的二千七百五十块，你是不是不想要了，我可以从总数里面扣除的。苏朗听了，做泄气状，偃旗息鼓。

六

好容易在家里挨了三天，怕露出破绽，连夜逃回到城里。回到城里，意味着我和苏朗的合同就到期了，分手的前一天，商量着一起做顿饭庆贺一下。

我负责买菜煮饭，苏朗负责买酒整理餐具，捎带着贡献出他的地方一用。一起上街去超市，在入口的地方碰到了罗杰明，他打量着苏朗说，这是你男朋友？我打着哈哈说，哪里，这是我同事。罗杰明立刻来了精神说，改天我请你吃饭。我连说好。回头看苏朗，苏朗黑着脸，一路上再没有和我说话，我的心情忽然坏起来，做好的食物也没有胃口，我和苏朗相对而坐，忽然间不知道说什么好。干坐了一个多小时，起身从包里拿出三千块钱，没心没肺地笑着对苏朗说，委屈你这么长时间，就不说感谢的话了。苏朗坚持不收，我不肯，推来推去，起了争执，但他执意不肯收下。无奈，我把钱装回包里，起身告辞。出了门，眼泪便不争气地流了下来，胸腔被强烈难抑的酸楚堵住，从此后，即便咫尺也是天涯，连合同的关系也不复存在。我不敢回头，但我却知道，苏朗一定是站在窗前看我的背影。

日子忽然间寂寞起来，上班下班，偶然间碰到苏朗从设计部出来，亦只是淡淡地点个头，打个招呼，但这一天便从尘埃里开出花来。

我心中知道，我是喜欢的。

一天，把做好的报表交给夏天签字，夏天公报私仇地吹毛求疵，争辩几句，此公便大声跟我嚷嚷，进行人身攻击，说不得你了，你好，你怎么连个男朋友都没有？我刹那间语塞，忘了回言。刚好苏朗从我们财务部外面的走廊里经过，一脚把门踹开了，指着夏天的鼻子说，你以后说话小心点儿，别这样对我的女朋友说话。夏天气歪了鼻子，看着苏朗牵起我的手一起走出去。

看到小方，我笑道，真是天上掉下来个男友哈。小方一脸不屑地说，傻笑什么啊？你当天上掉馅饼啊？我可是听到苏朗第一天来便声言，发誓一定要追到你。

我不好意思地笑了，有这样的事儿？

我不是你的抱抱熊

一

说起来真的很惭愧，我认识甘小薇八年，仍然没有由一棵树取代她的一片森林。八年，有多少机会，多少时间，我都没能把握住，努力的结果，只是由朋友的身份转换为哥们儿，我曾数次暗示她我喜欢她，都被她漫不经心地一语带过，我只好当作她没有长大，没有听懂我的话来安慰自己。

甘小薇，芳名很女性化，但个性却很男性化，短短的头发，从来不穿裙子、牛仔裤、洗得发白的球鞋，喜欢运动，从来不会掩住嘴轻浅温柔地笑，就是这样的女孩子，她凭什么毫无道理地打动我呢？笑起来毫无顾忌，嘴巴咧到耳朵根，哭起来眼泪鼻涕肆意横流，我就有幸领教过一回，大二那年，她暗恋的一个男生突然随父母移民，她便莫名其妙地宣称她失恋了，把正在阶梯教室里听课的我，生拖硬拽地拉出门外，牺牲掉我的耳朵，还得贡献出我的肩膀。我说人家根本不知道你喜欢人家，你失得哪门子恋？她听了，恶狠狠地瞪我一眼，你这人怎么这么没有同情心，冷血。说完继续趴在我的肩上掉眼泪，我的肩膀洇湿了一大块，并且为了那句话，付出了惨重的代价，甘小薇赌气一个星期没有理我。天啊，那是多么漫长的一个星期，我终于体会了她的话，小薇不理我，我便像失恋了一样六神无主，原来失恋，并不是人家不爱你了，而是你爱人家，却无从下手。

甘小薇拒绝我去看她，拒绝吃我买给她的东西，她像一只小刺猬，只是不扎别人，只扎我，只要我一靠近她的身边，她便竖起身上的刺，全然不管我是否心疼忧伤。或者是她知道我爱她，爱全部，爱到没有退路，所以才会肆意而为，任性赌气，打碎了亦不介意。

我是在新生报到的第一天遇到甘小薇的，从此她便成了我命中的劫数。她留着男孩子一样的短头发，苍白高挑瘦弱，手中的一支横笛被她吹得悠扬婉转，吹得我的心中风生水起，那是我见到的她最安静的一面，大约符合了我心中理想化的传统男人的审美观念。

大学四年，我看着她身边的男孩子走马灯一样不停地变换着角色，但始终没有轮到我。她和他们一起去看电影，一起去校园旁边的咖啡屋体验浪漫的情调，一起在校园有名的情人树下约会。如果说我的心中平静如水那是不可能的，但我却不停地想一个问题，我爱她，就应该以她的快乐而快乐，以她的幸福而幸福，可是为什么我做不到这一点呢？是我不够爱她吗？我对自己对她的爱产生了质疑。

二

转眼大学毕业，各奔东西，风流云散，男生则在一起喝酒，女生干脆抱在一起哭天抹泪。我在女生宿舍楼下遇到甘小薇，心情抑郁地看着她，她大约瞅着我傻兮兮的样子就笑了，说，别这样，瞅着像一只霜打的茄子似的，毕业了，刚好可以施展拳脚，把你身上的潜力挖出来，说不定还可以干出一番事业，到时候我去找你，你可别佯装不认识我。

她的话给了我无限的想象空间，关键时刻，我像是被注射了强心剂一般让我兴奋，我认定她是在暗示我，只要我干出一番事业，她就会来找我。

我兴冲冲地收拾东西，以最快的速度离开了学校，回到家乡，只是我并没有去学校当一个老师，放弃专业对口，略做休整，马不停蹄地去了北京，我固执地认为，只有北京这个伟大的城市才有可能实现我的梦想。

刚去北京的日子是一段苦不堪言的日子，除了一腔对生活的热情，除了对甘小薇的爱，我几乎什么都没有，租了一间十来平方米的小房子，因为临街，价钱贵得惊人，所谓寸土寸金。

在这间小房子里，我做起了蓄谋已久的“臭皮匠”，自行设计制作各种真皮手工包，这是我家祖传的手艺，到我这一代已经是第三代了，我要把这项手艺发扬光大，干出一番事业，让甘小薇知道我是个真男人。

说起来容易，做起来难，因为没有人知道我的手工包，没有人认可，加上我的工艺和经验并不是特别过硬，所以我遇到有生以来最严重的生存挑战，三个月没有开张，也就是说三个月没有做下一个单子，看着钱如流水一般往外淌，我心中没底。

有时我干脆关上店门，去地铁站闲逛，花上一元钱在地铁站转悠大半天，盯着女士们肩上背的各式各样的背包寻找灵感，然后回去制作成样品挂在橱窗里。不久就有追求个性的女士找上门来，要求定做，我欣喜地发现上帝为我打开了一扇门，我的情商不高，但我的智商看来还不错。

三

渐渐地，去地铁站成了我的习惯，每天傍晚拿出一点时间去地铁站闲逛，专门盯着女士们肩上的背包。有一次，一个苍白瘦弱高挑的女孩，在我面前一闪便消失在人流之中，我的心一下子跳到了嗓子眼，天啊，是甘小薇，我分开人流追上去，用手扳住前面那个女孩的肩喊道，小薇。那个女孩回过头来瞪我，我傻了眼，怎么不是小薇？一定是我想念甘小薇想到眼花了。那女孩不依不饶，问我想干什么，我说我认错人了，她不相信，旁边卖报纸的老太太也跟着起哄，说这小子不是个好东西，天天傍晚在这儿贼眉鼠眼地盯着女孩子的包，一定是个掏包的。我百口莫辩，看着很多人渐渐围上来。

这时候，甘小薇仿佛从天而降，穿过人群挤进来，拉住我的手说，他是我的男朋友，刚才和我走散了，他是为了找我才引起大家的误会的。

人群渐渐散去。

猛然看到小薇，我竟有了不真实的感觉，听到小薇刚才说的话，我都有了想哭的冲动，这小丫头大学四年，从没有给我一句这样明朗的话，此刻得来全不费工夫。我怎能不感动？

甘小薇的眼睛里闪着狡黠的光芒，说，别没出息，我是骗他们的，你可别信啊，我们是哥们儿。

一盆冷水浇下来，我仍然不愿意醒来。不过看到甘小薇我真的很高兴，毕业之后这么久第一次遇到她。她说，我刚在车上，看到一大群人围住你，我就猜到你是看到我了，所以赶紧下车。

原来，我来了北京，甘小薇也来了北京，只是彼此失去了联系。她在一家大公司做行政助理，当之无愧的白领，而我一个小小的"臭皮匠"，想想不由得泄气。

甘小薇感叹，前两天刚刚失恋，也没有借到你的肩膀掉眼泪，你来北京怎么也没有找我呢？

我听了特高兴，尽管有点小人，可是谁愿意自己喜欢的女人天天待在别的男人身边呢？我忙开玩笑道，失恋了好，刚好给我一个机会。

甘小薇听了仰起脸笑了，朝着我的胸就是一拳，一边哈哈大笑，你这家伙，怎么还改不了那个臭毛病。

四

有一天，我去公主坟给一个客人送她定做的单肩手工包，回来的时候，遇到甘小薇，她和一个男人在一起，一眼就能看出很亲密的关系，男人开着一辆越野车，甘小薇在男人的身边笑靥如花一般开得灿烂。她的笑像一把刀子刺伤了我，尽管她没有看到我，但我的心中胀满了绵绵密密的疼，只有我自己知道。怪不得最近给她打电话，她总是推说没空，原来是忙着新一轮恋爱去了，她的心中永远没有我的空位。我的心情空前地抑郁，去买了两瓶酒抱回店里喝。

甘小薇来的时候，我刚刚喝完一瓶，头痛欲裂。甘小微抢下我的酒瓶说，你这是干什么啊？疯了？谁又惹你了？

我笑道，没有什么人惹我，我只是生我自己的气，没有香车也没有豪宅，还痴心妄想吃到天鹅肉，那不是白日做梦吗？

甘小薇的脸红一阵白一阵，难得一见地为我的话掉了眼泪，她抽噎道，我知道你喜欢我，可是我没有让你喜欢我，你喜欢我也好，不喜欢我也好，那是你的权利；我喜欢你也好，不喜欢你也罢，那是我的权利。你说对不对？

我冷笑道，对，你的话都对，你的话在我这儿就是真理，你想让我干一番事业，我便跑到北京，你不想让我爱你，我就只能留在你的身边，当你的哥们儿。

甘小薇冷笑而去，我醉后胡言乱语，自己也不知道都说过些什么，只是从此甘小薇再也没有来找过我。

我的心慢慢冷掉，一门心思做我的手工包，渐渐在周围有了一些名气。我换了一间大一点儿的铺面，装修成典雅古朴的风格，分成两间，外面摆放着样品，里面是手工作坊，慢慢增加了一系列的品种和定做业务，生意渐渐走上轨道。我不知道，如果没有事业的支撑，我和甘小薇吵架后的日子怎么过。

半年之后，甘小薇意外地来找我，她看到我，就趴在我的肩上掉眼泪，她说她亲眼看到那个男人跟别的女孩约会。

我笑着安慰她，那么优秀的男人当然不会只有你一个人喜欢，必然会是很多女人喜欢的对象，不像我，从来就不会有女人喜欢我。说这些话的时候，我的心平静如水，再也不会因为她喜而喜，也不会因为她忧而忧，但是作为她的朋友，仍然会把肩膀借给她一用。

甘小薇大约误解了我的意思，她第一次像一个女人那样红了脸对我说，走了一大圈的路，原来只有你对我最好，原来我的心中一直放不下你。

如果是以前，甘小薇这样说，我定会欣喜若狂，可是现在，我的心中波澜不惊，从上次吵架之后，我就知道，自己不会再爱她了，我对她的爱，对她的耐心，对她的等待，已经被她消磨殆尽，我永远只是她窗外的一棵树，我可以为她遮风，可以为她挡雨，可以分解她的忧伤，只是当她终于肯放弃整片的森林的时候，这棵她风景里陪衬的树也只能是一棵树，她耗尽的爱再也不会重新长出来。

我不是你的抱抱熊，也不是你失恋时的药。

是谁送你香吻

二十五岁的麦家，胆小、羞怯、自卑，一说话就会莫名其妙地脸红，尤其不擅长与人相处，可是他偏偏做了一份与自己性格不相符的工作，在一家以营销为主的公司里做业务员，在公司的大榜上，他的销售业绩总是排在最后一名，这尾巴尖上的滋味并不好受，也令他苦恼不已。

这天中午，没有什么事情，几个同事都在拿麦家取笑，学他蹩脚的普通话，你饿了吗？我不热。你热吗？我不坐车。这是麦家刚来公司时，闹出的笑话，他的话别人总是辨别不清，所答非所问成了家常便饭，也成了众人的笑柄，因此麦家不会轻易开口说话，不到万不得已，一律不开尊口，可是一个推销员，不开口说话怎么把东西卖给别人呢？

大家正在疯闹嬉笑，忽然响起了敲门声，不多不少，三下，非常有礼貌，有个同事应声而答，请进！

一个女孩大大方方地走进了大家的视线之内，美丽的女子总是令人感到惊喜的，大家都屏住呼吸盯着她，连公司里最能闹的同事也不出声了。

女孩有些调皮地说，我叫江小朵，是速递公司的投递员，大家以后有什么业务，可以优先照顾我，我们保证质量，保证速度，而且我可以给你们打八折。江小朵嘴皮子利索地兜揽起生意，广告时间过了，才想起什么似的，说，谁叫麦家？我找麦家。

麦家一下子成了焦点，大家把木讷的麦家推到江小朵跟前，麦家还没有反应过来，漂亮的女孩怎么会找她？这些年，他一直叫自己绝缘体，不是不想，是不敢，只要自己一开口，神经再坚强的女孩也会被他那口不伦不类的普通话逗乐、吓跑。

麦家站在江小朵面前，紧张得说不出话来，未语脸先红。江小朵一副公事公办的样子说，你是麦家吗？

麦家不知所措地点了点头，刚说了一句如假包换，话一出口，那股子味道就把大家逗乐了。江小朵强忍着没有笑出来，一本正经地说，严肃点儿，不要影响我工作，现在请你闭上眼睛。

麦家依言而行，乖乖地闭上眼睛。

闭上眼睛的麦家，心中嘀咕，不知道这丫头搞什么怪，忽然觉得江小朵如兰的气息扑面而至，带着一种植物的芬芳，离自己越来越近，他的心跳开始加快，一个冰凉的吻轻轻地落在了他的额头。

他呆住了，在众目睽睽之下，女孩竟然把她的香吻印在自己的额头，这简直太令人匪夷所思，被女孩的举动刺激着的还有麦家的同事，他们和麦家一样，惊愕得目瞪口呆。

江小朵说，发什么呆啊？赶快签收啊！麦家醒悟过来，看见江小朵手里拿着投递单和签字笔。麦家结结巴巴地问她，我可以知道，是谁让你这么做的？江小朵和声细语，但却很坚决地说，对不起，我们要替客户保密，这是我们的行规，再说了，你都不知道是谁送你香吻，我如何能知道？我只是奉命办事，拿人薪水，迫不得已，你不要想入非非啊！

麦家赚了个大红脸，不好意思地说，我没有别的意思，只是想知道。麦家的同事，特别是那些男同事，艳羡地说，怎么没有人送香吻给我啊？我敢说这是本世纪最浪漫的事。

晚上回到家里，母亲烧了他爱吃的清炒苦瓜，可是不知为什么，他一点心情都没有，只吃了一点点就放下筷子，都是江小朵的那个香吻闹腾的，一个吻成了他心中不能承受之重，多少年了，对于女性，特别是年轻漂亮的女性，他一直保持远远遥望的姿势。

母亲爱惜地问他，麦家，有什么心事吗？麦家摇了摇头。母亲笑意盈盈地又问，你肯定是恋爱了吧？恋爱的人都是你这样的症状，坐立不安，饮食无心，一说话就爱脸红。

麦家想起白天女孩的吻，脸上有些发烧，沮丧地说，谁会看上您儿子啊？土得掉渣，工作能力又那么差，现在的女孩大多贪图安逸享受，您没听说过吗？找一个有钱的爱人，至少可以少奋斗个三五年。像您儿子这样的，您老人家要做好心理准备，这辈子孤家寡人也说不定。

麦家的母亲并没有因为儿子说出这样没出息的话而恼怒，她的脸上依旧挂着温暖恬淡的笑容，她摸了一下麦家的头说，在我心里，我儿子永远是最优秀的。

麦家点了点头，并不驳斥母亲的话，这么些年了，他和母亲之间的关系一直是淡淡的，像君子之交，彼此客客气气，比路人亲密，比亲人生疏。他知道自己没有哥哥麦藤有出息，年纪轻轻的就有了自己的公司，有了自己的跑车。他也想像哥哥那样，和父母之间没有间隙，心情不好时，跟父母拌嘴；高兴时搂着父母的脖子撒娇，亲亲热热地喊父亲老帅哥，喊母亲大美女。可是他不行，他总觉得自己和父母，和这个家有一种无形的距离，他曾经试图改变，可是却始终无法超越自己内心深处某种温凉的固执。

早晨去上班，在电梯间里遇到同事，同事羡慕地跟他耳语，你小子交了桃花运了，给你透露个小道消息，昨天那个美女已经等在办公室里了。麦家紧张兮兮地问他，她来干什么？同事坏笑着说，你这不是明知故问吗？她来还是昨天那档子事，献吻。据说有一百个之多呢！

下了电梯，麦家“嗖”的一下闪进了办公室隔壁的洗手间里。

好容易在洗手间里挨了半个小时，回到办公室，风姿绰约的江小朵依然等在那里。麦家态度坚决地说，我今天拒收这份礼物，把你的投递单拿来，我签字就是了，麻烦你回去吧！江小朵也严肃起来，对不起，我们也有我们的规矩，既然我们受理了客户的请求，就一定会把东西送到，这涉及本公司的信誉问题。两个人僵持在那里，谁都不肯妥协，最后还是麦家的上司把麦家叫到办公室里，批评他，麦家啊麦家，有人送你香吻，证明你是个非常有魅力的男人，你怎么就想不明白呢？赶快收下吧！别影响大家工作。

麦家无可奈何地收下了江小朵的香吻。自此，公司里传闻，说麦家被一个女孩追得无藏身之地，公司里的一个女同事甚至有些落寞地说，早知道麦家这么好，这么优秀，我们近水楼台的也该先得月，反倒便宜了外人，只是我们早先怎么没有发现他的好呢？比如乐于助人，比如低调处事。

那些事传到麦家的耳朵里，麦家内心深处小小的虚容心得到了大大的满足，自此工作格外卖力，公司个人业绩红榜尾巴尖上的那个人，从上周开始就不是他了。

江小朵每天都到他的办公室里送吻，刚开始，公司里传得沸沸扬扬，有好奇的人甚至专门跑到他们部门窥探虚实，可是时间一久，大家就习惯了，习惯了江小朵每天早晨九点准时出现在办公室里。

是谁送给自己香吻，成了麦家的心病，他日思夜想，可是却想不出个所以然，问江小朵，江小朵又不肯说，说是要替客户保密，一副原则性极强的样子。可是要想揭开这个谜底，还是得从江小朵身上下手。

有一次，麦家试探地对江小朵说，收了人家那么多个吻，也不知道是谁送的，想谢谢人家也不知道谢谁，这样吧，我想请人家吃顿饭，你代收了吧？江小朵犹豫不定，麦家威胁她说，你不代收，我以后就不许你吻我。说完这句话，两个人不由得都面红耳赤，怎么听起来像情话呢？江小朵掩饰地说，你的普通话真难听，这样吧，你请我吃饭，我负责以后教你普通话。麦家听了，心中乐开了花，他对江小朵的印象不是一般的好，简直是太好了。

麦家的普通话进步神速，简直是个奇迹，做事情也不再缩手缩脚，见到生人也不再脸红，也不再像以前那样胆小、羞怯、自卑，偶尔还会在办公室里讲个小笑话，活跃气氛，同事们都说，爱情的力量不可轻视，你们看看麦家，简直像变了一个人。

麦家的销售业绩从红榜的尾巴尖上跃到前几名，现在老板出去谈合同，都爱带上麦家，说他思维敏捷。

一百个香吻送完那天，麦家带江小朵回家吃饭见家长，江小朵看见麦家的母亲时，热情地打招呼，麦家惊奇地转过头来问，怎么，你们认识吗？江小朵笑得像一朵春天里怒放的花儿，她说，麦家，你不是一直想知道送你香吻的人是谁吗？就是这位阿姨。阿姨说，你小的时候被她送到贵州母亲家里寄养，没有生活在她身边，所以在你小的时候，她几乎没有吻过你，她想让我们投递公司送一百个吻给你，以弥补对你小时候欠缺的爱。她那天去我们投递公司时，大家都说这个女人真能别出心裁，都不肯去，只有我答应了她，因为我从小没有母亲，所以母亲的吻一个都没有得到，我被你母亲感动了，所以答应了她。

麦家的母亲也笑了，小丫头，难为你记得这么清楚。麦家小时候生活在贵州，没有生活在母亲身边的孩子，多半羞怯、胆小，可是那时候，我因为工作忙，身边又有一个麦藤要照顾，所以还是狠下心把麦家给送走了。麦家的母亲笑着，但是眼睛里分明有泪花在涌动，她哽咽地说，如果时间可以倒退，或者可以给我一次重新选择的机会，我一定不会放弃和我的孩子生活在一起的机会，我一定要让他们知道，我有多么爱他们。

麦家听了，心中有如潮水起伏，他一把握住母亲的手说，妈，您一直是我的好母亲，别再自责了，您不欠我什么。麦家的话里充满感情色彩。

想起刚从贵州回来的那段时间，插班到家附近的小学，受到同学们多少奚落和嘲笑，他曾经把所有这些都一一记到母亲的头上，如果不是母亲不要他，他怎么会受到这么多的委屈？这个打不开的死结，终于被江小朵高贵的额头之吻化解开了。

麦家在自己二十五岁生日时，收到一份最特别的礼物，母亲送给他的一百个香吻，而且意外收获到一份爱情。

三天与三年

叫我“老女人”的小妖精

电话里，谭飞曾经数次跟我提起江小狼，说这个人很有趣，说这个人做菜很地道，好吃得不得了。我对着话筒酸溜溜地嚷，江小狼是谁啊？叫得那么亲热，不是喜欢人家了吧？

谭飞失笑，说江小狼是我们隔壁饭店的厨师，如假包换的帅哥，女孩子有叫这么难听的名字的吗？你可不许打人家的主意啊！我打着哈哈，说，你别吃着碗里惦着锅里的就好。

不是我多虑，实在是谭飞这家伙太有女人缘，他长得高大帅气，特别是那双眼睛，深得像潭水，有时候深情，有时候忧伤，总会有小姑娘主动黏糊他，弄得我防不胜防。他被公司派到北京工作已经半年多了，没有我在身边，还不像解了套的狼，到处撒野去？

没有打电话通知他，想给他一个意外和惊喜，当然，也想顺便查查他的岗，看看他是不是有贼心又有贼胆。

突击检查的结果，谭飞当然没有令我失望，那个女孩花朵一样的年纪，肌肤嫩得掐得出水来，细长的眼睛里有微微的慌乱，傍晚的一抹斜阳透过玻璃窗打在她的脸上，掩饰着她的惊慌。我扑过去，扯掉她正在往身上套的浅紫色透明睡衣，挥手给了她一巴掌，她恼怒，眼睛里生出火焰，嘴角却牵出一抹不屑的笑容，反唇相讥，老女人，先去韩国做个拉皮，再回来找我算账吧，否则谭飞是不会喜欢你的。我还想再给她一巴掌，打得她两眼冒金星，满地找牙，看她还胡说八道不，没想到被谭飞扼住了手腕，那女人趁机逃之夭夭。

女人的致命伤，就是怕别人说她老，那个女孩知道我的七寸在哪里，眼瞅着她那么轻松地从我的眼皮子底下溜掉，索性把一腔的怨气都撒到谭飞的身上。锲而不舍地追问他，你能给我一个不心碎的理由吗？

谭飞看着别处，说，苏小羊，你还不是我的女人，就想管三管四了？我骂，你浑蛋。挥手打他，还没有打过去，便被他抱住。

我挣扎着，却怎么也挣不脱他有力的臂膀，于是狂喊救命，杀人了。声音尖锐地划破了夜。

正纠缠，一个人影翻过墙爬进来，像麻袋包掉到地上，“嗵”的一声。他看了看我，又看看谭飞，说，我是隔壁饭店里的厨师，叫江小狼，谁要杀人了？我来救命。一口蹩脚的普通话。

我和谭飞一起看向他，天，这就是谭飞在电话里说过数次的江小狼，想不到来这儿第一天就看见活的了，哪里是什么帅哥啊，长得那么高，那么胖，脸上油光光的，有着所有厨师都有的特点，而且名字还有点那个。

他手里还拎着一把切菜的菜刀，明晃晃的，闪着耀眼的光。谭飞乖乖地把我放开，厨师一把拉过我说，跟我走，他就不敢再欺负你了。

我下意识地跟着他走到门口，听谭飞在身后幽幽地说，出了这个门，就永远别再回来找我了。我犹豫了一下，这个男人的话，让我心如刀绞。时间真是一把利器，不过几年的时间，一切都面目全非，人老了，心老了，爱情也老了。

我赌气地用手指扣住江小狼的手，头都没回地说，放心吧！我不再回来纠缠你，我会嫁给江小狼。

想你？下辈子吧！

那天夜里，我和江小狼一起喝酒，喝了很多，喝得分不清东西南北，喝得两眼蒙胧，我指着江小狼痴痴地傻笑，说，你的名字怎么这么难听啊？叫什么不好，叫小狼？马马虎虎听他说，我叫江小良，不叫江小狼。这要命的酒，让我头疼欲裂，没大听清他的话，我只想喝酒，喝到死，就不会这么难过了。

小狼夺我手中酒瓶，说，臭丫头，你喝得太多了。我狠命地抱住酒瓶不松手，点着他的鼻子说，别叫我臭丫头，我是老女人，我都二十六岁了，和谭飞好了几年，还没有把自己嫁出去，是不是很失败？

我好像哭了，眼泪汹涌，把江小狼吓坏了，他拼命地安慰我说，你不老，很漂亮，到时候别人都不要你了，我要你好不好？

我对着他傻笑，说好……一句话还没说完，心中翻江倒海般的难受，江小狼颠颠地去帮我拿漱口水、做醒酒汤，忙得像只陀螺，后来，我就在双泪长流中睡了过去。

醒来之后，头痛欲裂，一抹阳光刺得我睁不开眼睛，我使劲地揉了几下，发现自己竟然睡在江小狼的臂弯里，我吓了一跳，一脚把江小狼踹醒，试探地问他，你没有把我怎么样吧？他不怀好意地笑，孤男寡女，共处一室，能不怎么样吗？

我呆怔在哪里，半天没有反应过来，一失足成千古恨，我再怎么好意思去找谭飞啊？眼泪忍不住汩汩而下，跳起来，指着他破口大骂，你这个黑心的家伙，乘人之危，我说怎么闻了一宿的葱花味，原来都是你搞的鬼，我恨你。

我甩门而去，外面正下着小雨，江小狼追出来，递了一把伞给我，我看都没看就扔进了路边的垃圾桶里，想我苏小羊，也是爹亲娘爱的宝贝，也是受过教育的知性女子，而且也还年轻，虽然脸上起了那两粒青春痘，但局部不影响整体。我为什么会弄到如此光景？可恨遇人不淑，相恋多年的男友弃我而去，只贪新人笑，不管我这个旧人哭不哭。柔肠百转，猛然听见巷子里，不知谁家飘出京剧慢板的唱段，咿咿呀呀，忽然间我的心就碎落了一地。

江小狼亦步亦趋地跟着我，像只蚊子似的，在身后问，你去哪儿？我没好气地回他，管不着。他不恼，说，要跳楼，还是回咱那小饭店跳，因为咱那是一层。要跳海，咱去昆明湖跳，咱离那儿近，不过要麻烦你买张门票。

我停下脚步，恶狠狠地盯着他，你再敢跟着我，我就奔到那汽车轮子底下，你信不信？

江小狼慌了，忙说，我信，我信还不成吗？我这就回了。走了两步，他又退回来，绷着个脸说，把手伸出来！他生气的样子挺吓人，我乖乖地把手伸出去，他不知在哪儿找了一支油笔，在我的掌心里写下了一串电话号码，说，累了，饿了，想我了，就打这个电话找我。

我心说，想你？下辈子吧！

记住，我叫江小良

在王府井逛了一天，累得脚底下起了泡，坐在街边的栏杆上再也不想动地儿。原本打算回老家的，可是口袋里的钱只够买瓶矿泉水的，来的时候，急着见谭飞那个负心的人，把钱都花在机票上，奢侈地坐上飞机，赶着去看谭飞的花心，想想为何而来？

天黑下来的时候，我还在街上瞎转，夜晚的北京格外地迷人，可是我没心思看，肚子饿得咕咕叫，又迷路，又恐惧。

想起手心里的那串号码，伸手一看全没了，出汗淹掉了，我急得哭了。忽然看见江小狼站在不远处，脸上露出憨憨的笑。

我像溺水的人，忽然看见一根救命的稻草，像遇到亲人般扑过去，一脸惊喜地问，你怎么在这儿？

他说，傻妞，亏你问得出口，我都跟了你一天了，脚也软了，腿也肿了，怕你自杀，怕你上吊，怕你出意外。

我不好意思地低下头，说，我饿了。

江小狼笑了，得意地说，这就对了，走吧！回去尝尝我的手艺。

回到他的小饭店里，没一会儿工夫，他就端上来羊汤，烤羊腿，羊肉串什么的，我皱着眉问他，怎么跟羊干上了？我叫苏小羊，不吃羊，我是食草动物。江小狼说，可是我这店是全羊店，除了羊，什么都没有，再说，我叫江小良，别人都叫我江小狼，我可是食肉动物，说不定哪天，我这只狼，会把你这只羊也烤了吃掉。

我的脸腾地一下子红了，嘴里嚷嚷，你敢！

江小狼趁机拉住我的手说，小羊，失恋其实没有什么大不了的，真的，从头再来，好吗？你这么漂亮的女孩怎么会做了剩女？拜托你用脚指头想想都不可能，我保证，如果五年后你还没有嫁掉，我就追你。

江小狼，不过是偶然遇到的一个厨师，怕我想不开，时刻不离地跟在我身边好几天。一个陌路人都比负心人谭飞要可爱，我的眼泪忍不住掉下来。我说，小狼，谢谢你这几天陪着我，花你的钱，以后我会寄给你，你给我的关爱，我会铭记在心里。

江小狼坏笑，说，感动了丫头？那不如以身相许吧！

天，我眼泪鼻涕一大把，他竟然还有心情开玩笑。

走的那天，江小狼把我送到机场，他给我买了机票、水果和杂志。我有些依依不舍，拽着他的衣袖发呆，半天才说，小狼，我不会忘记你的。江小狼推我一把，说，你这个没良心的丫头，我叫江小良，记住了。

我冲他吐了一下舌头，转身逃进安检门。三天不会比三年更长，但是，在爱里面，怎么可以以时间论。

如何嫁给有钱人

一

舒曼琳最近对如何嫁给千万富翁、如何嫁给有钱人之类的宝典秘籍爱不释手，情有独钟。她没有野心，只想一步跨入中产阶级，少走弯路，不用忍受打拼之苦，不用每个月都有那么几天当月光女神的难挨时光。

她像着了魔一样，工作的时候想，走路的时候想，甚至连睡觉的时候也想。梦里看见自己和一个超级钻石王老五大摆宴席，玫瑰摆满了房间和走廊，在花园里举行仪式，披婚纱戴钻戒。她情不自禁地乐出了声，就像抓了一张好牌在手，不开心才怪。

闹钟不识时务地打断了她的美梦，她发了一会儿呆，叹了口气，心不甘情不愿地爬起床，披挂整齐，在冰箱里拿了一盒牛奶，急急忙忙地下楼。在没有嫁给有钱人之前，最好还是按点上下班妥当些，否则车位里那台养眼的绿色欧宝，还有现在住的这间一室一厅的小公寓都得泡汤。车不是太好，房子也不是太大，但交不上月供，就算不好不大也得跟你说拜拜。

刚出小区门，就碰上罗子杰。这家伙像跟她有仇似的，想跟他拼个车，分担一下昂贵的费用，可是他就是不上当。

两个人在同一幢大楼里上班，那幢大楼里有多如牛毛的小公司，所以大家并不太相熟，只是偶尔能碰到，点头之交而已。不过，自从舒曼琳发现罗子杰和自己住在同一个小区，而且每天步行去上班，就像发现了新大陆，不由得打起了他的主意。

她开着车，跟着人行道上的罗子杰亦步亦趋，为防他疑心自己是狼外婆，有所图谋，所以脸上尽量堆出好看的笑容，尽量温柔地对他说话："喂，上车吧！我捎你一程。"罗子杰不为所动，依旧用老话打发她："我当走路上班是晨练，节约时间又环保。不像你，开着车子绕城半圈，最后和我一起抵达公司。"

罗子杰一副拒人千里之外的样子，让舒曼琳心中很不舒服，穷人就是能拽词，没钱买车就扯上环保这个话题，穷酸什么啊？大家都不买车，怎么体现时代进步了？

想归想，有求于人，还是尽量表现出优雅和礼貌，她说："知道罗先生是有品位的时尚人士，你不用怕，我不是色女，不会打你的主意，实话跟你说了吧，我就是想找个人跟我拼车，分担一下费用。"转过头，她咕嘟了一句："就算我是色女，也不会打你这个穷人的主意。"

想必罗子杰没有听清，他追问："你说什么？"舒曼琳忙笑着打圆场："我说找人拼车分担费用，你愿意吗？"罗子杰想了想，有些为难地说："我没有这笔开销，不在预算内，如果你实在想让我拼车，我倒有个主意，我帮你做家务，保证随叫随到，你载我去上班，我们谁也不用付谁的账，两相抵消了，你看如何？”

舒曼琳心里那个恨啊！满腔的希望，被这个工于心计的抠门男人用冷水浇灭，要不是最近一直入不敷出，怎么会如此低声下气地求人？恨归恨，转念一想，车子放空也是一趟，捎个人又不算什么，班是终归要上的，如果因此有个随叫随到的免费保姆，好像听起来蛮不错的样子。权衡利弊得失，盘算了半天，最后她勉强同意了，保姆就保姆吧，费用的事再想辙。

二

那段时间，舒曼琳把如何嫁给有钱人这件事情，正式提到议事日程上，发动亲戚朋友和同事，掘地三尺也要找个有钱男人嫁了，以缓解每个月的经济危机。

想不到第一个给她打电话的，竟然是平常来往不太密的同学何薇，她在电话里问她：“朋友的朋友，手里有一张好牌，身家千万，你要不要见见？”舒曼琳那点出息，一听到身家千万，立马晕菜，点头如鸡啄米，一个劲儿地说：“要的，要的。”

放下电话才想起，自己竟然忘了问问何薇那人是干什么的，年龄几何，难不成胡子一大把的爷爷辈也要嫁？这样一想，沮丧便悄悄地滋生出来，仿佛一棵人参卖的却是萝卜价。想当初，多少人追求自己，那些毛头小子，从来都不曾正眼瞅过一下，结果呢？何薇捡到筐里的那棵白菜，如今就开出了花儿，招引得蜜蜂蝴蝶一群一群的，但不管怎样，那棵白菜还不是乖乖地在何薇的名下？名花有主啊！

自己也像何薇那样亲手培养一个中产阶级显然来不及了，所以也顾不得想东想西，先把自己打扮得漂亮点儿，迷死几个再说。

不知是谁定的相亲地点，居然是小区外只隔了一条街的一间不大出名的小餐厅，明明几步路的事，却害得她开车绕了好几圈，赶到时整整迟到了十五分钟。

她抹了一把鼻尖上的汗，看看何薇已经到了，而且罗子杰也在座。她看了何薇一眼，意思是，相亲这样的事，怎么好叫上外人到场？何薇那样的人精儿，怎么会不明白她的意思？她拉过罗子杰说："曼琳，这就是我给你说的，要给你介绍的那个人。"

舒曼琳嘴里含了一口大麦茶，欲咽没咽之际，猛听得何薇的话，一口茶喷出来，笑得前仰后合，抑制不住："何薇你开什么玩笑啊？忽悠我吧？他我还不知道啊？我们一个小区里住着的邻居，连坐车都舍不得，走路上班，特抠门的那种，最近居然混上了我的私家保姆，怎么会是身家千万？"

兴头上，舒曼琳忽然发现自己说错了话，急忙掩住嘴，罗子杰给自己当保姆的事，他们之间有过私下里协议，天知地知，不为外人道，自己竟然一时兴起失言。

何薇是何等聪明之人，而且是过来人，一下子就明白了，这是一个有情，一个无意，哪里用人撮合？自己追吧！趁着没出什么乱子，全身而退，她找了个借口，打道回府。

剩下舒曼琳和罗子杰相对而坐，顿时觉得兴味索然，原以为会和千万富翁吃一个浪漫晚餐，结果和家对门那个抠门穷鬼一起用饭。罗子杰忍不住笑："想不到会是我吧？为了弥补你的失望，这顿我请。"舒曼琳不起劲地回应："随便你。"心里忍不住合计，吃了他这顿，指不定他怎么算计自己呢。

果然，罗子杰叫来的晚餐刚刚够两个人果腹，而且清一色的素菜，像拌萝卜皮了，素炒荷兰豆什么的，唯一的荤菜就是几条可怜伶仃的茄汁鱼，吃剩下几条萝卜皮，他居然叫服务生过来打包。舒曼琳窘得恨不能钻到桌子底下，尽管罗子杰的品位不俗，但抠门得也太厉害了。

她狠狠地瞪他一眼，开着欧宝扬长而去，把他丢在路边发愣。

三

相亲的连连受挫，让舒曼琳的锐气大减，而且倒尽了胃口。

晚上跟同事去喝酒K歌，居然喝大了，摇摇晃晃地回到家，把高跟鞋甩到地中央，从包里摸出手机，随便摁了一个号码，居然是罗子杰，她舌头不听使唤地对着手机嚷嚷："你叫罗什么啊？你就知道蹭我的车，从来也不来帮我打扫卫生，我命令你现在过来干活。"

罗子杰从睡梦中被叫醒，声音干巴巴地失掉了水分，但还是好脾气地说："大小姐，你喝酒了？有没有搞错啊？这么晚了叫我过去干活，多没有人情味儿，明天行不行啊？"舒曼琳骄纵地回道："不行，口头合约也算合同吧？你敢不来，我去告你违约！"

这一招果然好用，不到十五分钟的时间，罗子杰已经站到了舒曼琳的面前。

彼时，舒曼琳正对着电视喝啤酒，顺手扔了一听给罗子杰，口齿不清地说："想喝什么自己拿，冰箱里有，不收费，我请客。"

罗子杰摇了摇头。女孩子的香闺，本该是温馨典雅，香气如兰，看看舒曼琳的房间，简直惨不忍睹，和狗窝没什么区别，茶几上胡乱丢的旧报纸，床头柜上搭着换下来的衣服，高跟鞋丢在地中间，啤酒罐倒在沙发边，水槽里盛着没有洗过的杯子和碗，那叫一个乱啊，真不知道自己当初哪根神经搭错了，竟然答应做她的保姆换取免费乘车，何苦呢？

他夺下舒曼琳手中未喝完的啤酒，顺手又关了电视，关切地问她："干吗搞成这样？借酒浇愁愁更愁！"

罗子杰温暖的口吻，让舒曼琳想到了老妈，这些年，一个人在异乡体味人情冷暖，努力想把日子过得好些，想不到到头来却是一塌糊涂。

她越想越伤心，红了眼圈，抱怨道："你说我怎么这么倒霉，想过得好一点儿，所以买了车买了房，可是贷款却还不上。想嫁个有钱人吧，不是太老，就是家里有老婆。上周见了一个有钱人，居然六十多岁了，真不知道介绍人是怎么想的，谁想一进门就白捡个爹侍候着啊！大上周见了一个有钱人，三十几岁的样子，居然有老婆。这年头，有老婆的也跑出来相亲，太无耻了，做小三小四，有什么前途啊？要不是银行那些账单搞得我头都大了，谁想嫁什么有钱人啊？"

罗子杰忍不住笑了："你这是什么逻辑啊！"舒曼琳说："我这是病急乱投医。"

一个诉苦，一个倾听，居然也很合拍。

到后来，舒曼琳居然把罗子杰当成推心置腹的闺蜜，把银行里那些账单拿出来给他看，房贷，车贷，信用卡透支的催缴单，一大堆，能不焦头烂额吗？

整个晚上，舒曼琳都在唱独角戏，一会儿哭，一会儿笑，一会儿拉上罗子杰跳探戈，罗子杰吓得往角落里退，退到没有退路了，硬着头皮和舒曼琳跳探戈，尽管舞步都对，但身体板得像木桩，毫无风情可言。倒是舒曼琳，身姿柔软，舞步轻盈，举手投足都是妩媚，罗子杰惊讶地问："你怎么会跳得这么好？"舒曼琳苦笑："我学过整整十年，如果不是脚踝受伤，退出比赛，我的人生必然不会像现在这样乱七八糟……"

四

第二天早晨起床，酒醒大半，舒曼琳发现屋子被罗子杰收拾过，水槽里的碗和杯子洗得干干净净，乱丢的衣服归了位，高跟鞋摆在门口的玄关处，旧报纸整整齐齐地码在角落里，说是留着积攒多了卖给收废品的。

舒曼琳心中多了一丝温情和感动，只可惜，这个男人又穷又抠门，不然，倒是一个不错的人选。

这样的念头，只是偶然的一个瞬间，就像天上的白云，不会过久地停留。依旧是上班，下班，打着灯笼找有钱人，忙得脚打后脑勺。

一个很平常的夜晚，和同事吃饭回来，洗了脸，敷了面膜，对着镜子自怜自艾感叹年华易逝，这才几年，就成了人见人厌的老剩女。独自伤感了一会儿，上床睡去。

夜里，腹痛如绞，醒来，身上薄如蝉翼的睡衣已被汗水浸透，她的第一个念头是，这样的疼法会出人命的，条件反射般地摸出电话，给罗子杰拨了过去，有气无力地说了"救命"两个字便撂了。

醒来时，已经躺在医院里，窗外面是白花花的阳光，晃得人眼晕。罗子杰就坐在床边的椅子上，目不转睛地盯着她，见她醒来，忍不住长叹一声："阿弥陀佛！"舒曼琳忍不住就笑了："这才几天不见，就念佛了？出家当和尚了？”罗子杰的脸竟然微微地红了，他说：“这不是急的吗？你是没看见你昨晚多吓人，急性阑尾炎，慢一步，小命就归西了。”

舒曼琳虽然想嫁有钱人，但也是血肉之躯，有真情实感，看到罗子杰的真情流露，忍不住红了眼圈，长长的睫毛上挂满亮晶晶的泪珠，颤巍巍的，仿佛随时要滚落下来的样子，越发地楚楚动人，她第一次用十二分真诚的语气跟他说：“谢谢！”

罗子杰的痞劲倒上来了，嬉皮笑脸地凑到她耳朵底下：“救命之恩，你准备怎么报答？以身相许还是让我蹭一辈子你的车？”

舒曼琳哭丧着脸说：“车贷我还不上，如果你帮我还上了，车你想坐到几时就几时。至于我，一分多余的钱都没有，还欠着银行的钱，这回睡梦里又欠下了医院的账单，有人如果帮我还上，我就以身相许。”

罗子杰一脸坏笑，拍着胸脯说：“这个机会我已等待多时了，本人虽然抠门，但信奉有钱花在刀刃上，回头我把我的银行存折全都交给你，要不，咱俩签个合约吧？省得到时你又变卦。”

舒曼琳瞪他一眼：“人生大事，岂能儿戏，我说话算数。”

出院之后，罗子杰和舒曼琳，除了拼车，现在又一起拼饭。想不到罗之杰这个家伙对理财、食经之类都门儿清，这是传说中的家常男人吗？简直太可怕了，比女人还女人，怎样搭配有营养，怎样买菜省钱，怎样在网上记账，经他之手，舒曼琳的财政不再赤字，而且日子居然过得滋润丰盈起来。

那天在公司，舒曼琳去二十九楼找人，回来时路过二十一楼，也就是罗子杰上班的地方，她忽然很想知道这个抠门男人工作的时候是什么样子。

从门缝里望进去，罗子杰正在主持会议，威严，条理清晰，逻辑严明，下属们都专注地做记录。女秘书不知什么时候站到她的身后，柔声说："我们罗总正在开会，请不要打扰，他工作态度很严谨。"

舒曼琳吐了一下舌头，无论如何，心中的那个抠门男人和眼前这个罗总都画不上等号，她有受了愚弄的感觉。

罗子杰再过来拼饭，她拒不开门。再在路边等着她拼车，她会一踩油门，飞驰而过。一连几天都是这样的情形，罗子杰终于无法忍受，跑去舒曼琳那里敲门，她把门开了一条小小的缝，说："抱歉，我只认识一个抠门的穷鬼罗子杰，并不认识什么高高在上的罗总。"

罗子杰笑："不好意思，我不是千万富翁，是给人打工的，所以一直没好意思向你求婚。"说着，他从身后拿出一大束玫瑰，递到舒曼琳的眼前："看在这么好看的花儿的面子上，你能不能给我个机会？"

舒曼琳忍俊不禁，扑哧一声笑了，把门打开，侧身让罗子杰进去。

亲爱的，男色过时了

与“当官”擦肩而过

经过面试的种种拼杀，肖毅一路过五关斩六将，最后被一家外资公司聘为销售部行政助理，肖毅懊恼不已，这与她的初衷相去甚远，她的理想就是“当官”，哪怕是一个芝麻绿豆官，都会让她有成就感。小时候被幼儿园的小朋友选为小组长，手下管着三个小朋友，都会让她乐得好几天合不拢嘴。

就是这样一个行政助理的职位，想不到还有许多人来抢，竞争可谓达到白热化。肖毅思来想去，经过激烈的思想斗争，最后精神胜利法占了上风，有胜于无，伺机而动才是大丈夫所为。

周一早晨，肖毅化了淡妆，穿着职业套装，踩着高跟鞋，脸上永远带着适度的职业微笑，提前十分钟踏进Office，顶头上司杰克已经等在那里，见到肖毅即吩咐道：公司副总刚打内线电话过来，要上个月的销售统计报表，你去一下。肖毅说：和我一起来的阿玫不是副总的秘书吗？为什么让我去？杰克看着她不说话，肖毅的目光就虚弱下去。不过心中依然惊喜，和帅哥一起工作，总是愉快的吧，总比对着严肃有余而活泼不足的老脸强许多，更何况听说人家是海外学成归来，跟着此等人工作，总会学到一些东西吧！

公司的老板和高层主管都是大鼻子蓝眼睛，难得有一个说汉语的中国人，见到杰克肖毅刚刚觉得有些"解放区的天"的意思，立刻视其为同类。可是杰克却是名字比外国人还外国人，卷着舌头，英语说得比国语还溜。

肖毅马不停蹄，放下包，气没来得及喘，直接去了财务部，刚走到门外，听到杰克又喊她，于是折回来，杰克说，顺便核对一下上周上海那家客户的汇款到了没有，肖毅答应着一路小跑而去。

回来时，桌子上已放了好几份文件，有内部通知、货运通知，美国寄过来的发票，收传真，打文件，上任秘书遗留下来的善后工作，上一天没有做完的工作，一件一件处理完，还没等喘口气，老板打电话过来，让她给订去北京的机票和酒店，有一个商务会议。

中午急急忙忙地吃完工作餐，桌子上的电话已经响翻了天，出差在外的销售部的大赵问订单做好了没有，再不发货，客户声称不要了，等着拿赔偿就可以了。好不容易安抚好大赵，忽然又想起广告公司的广告怎么还没送来修改，老板已经问过好几回了，抄起电话落实好了，也到了下班时间。肖毅在电梯里遇到上司杰克，于是打起精神来应对，杰克问道，怎么样，做得还习惯吧？肖毅恰到好处地笑道，还好，我应付得来。

假洋鬼子温情的一面

肖毅回到家里，甩掉高跟鞋，爬上床，连身都懒得翻，连饭都不想吃。

可是工作起来，肖毅就像换了一个人，永远是精神集中，适度微笑，无论多麻烦的工作到了她的手里，都是井井有条。有一次副总私下里开玩笑说，我想把肖毅抢过来，做我的秘书，我就省心很多。这位心直口快的美国人，用他的思维和逻辑无端地给肖毅种下了祸患。这话不知怎么就传到了阿玫的耳朵里，和肖毅一起进入这家公司的美女阿玫就是这位副总的秘书。

从此阿玫便记下了仇，再看到她，脸上笑着和她打招呼，脚下却使绊子，肖毅心知肚明，暗自提防，小心地与她周旋。

有一次，老板出差回来，阿玫跑去打小报告，说肖毅私用公车、上班迟到、用公司的电话打长途聊天，薪水凭什么却高过于别人。老板把杰克叫去问情况，阿玫就得意地从肖毅的Office经过时，拿眼睛瞟肖毅，肖毅知道，可是她手里做着事，连头都不回，根本不给阿玫得意的机会。

杰克跟上司好一通解释，调回头来又对肖毅开炮：你怎么得罪了阿玫，是她在老板跟前打你的小报告，多亏我平时还算了解你，不然你跳进黄河也洗不清。杰克推心置腹地说，办公室里很复杂的，可谓环境恶劣，斗争激烈，平时不要锋芒毕露，树敌太多，小丫头，明不明白？

肖毅忽然有些感动，看不出平时严肃不苟言笑的杰克竟是一个热心肠。其实她哪里想树敌,平时她忙碌的时候,那些老总的秘书都在握杯闲聊,她从未计较这些。难怪有一次一个要好的同事问她,你怎么总有做不完的事呢?肖毅却没有多想,也没有听出弦外之音。

平常电话里永远是轻声细语的OL,化着淡妆穿着套裙,面上风光无限,实际累得几乎吐血,一不小心得罪了人,前功尽弃。更何况行政助理说白了就一个秘书,熬到什么时候才会有出息呢?

升职使谣言不攻自破

肖毅回到家里,一宿辗转反侧无眠,终于想到一个计划,可是早晨起来的时候又有些犹豫,事到如今只能死马当成活马医,说不定会是一个好的开始,她决定破釜沉舟。早晨上班直接去找老板递辞职信,按说辞职信直接递给顶头上司就可以了,可是肖毅不想背着个私用公车、私用电话的坏名声,对今后再找工作也是不利的,所以她想找老板给她个说法,顺便将他一军。

肖毅敲门进去的时候,老板正埋在一堆文件中,看来也是个拼命工作的主儿,肖毅简单扼要地说了两条,如果老板相信阿玫,那么她辞职;如果老板相信她,她将继续为公司效力。

老板眨了眨漂亮的蓝眼睛,他看上去长得有点像《黄河绝恋》里的男主角,他和杰克差不多,都热衷于外国语言,结结巴巴的汉语像是口吃。据说是家族产业,所以才得以顺风顺水地做到老板,但愿不是个糊涂的老板。

他简单地说,你休假一周,等我调查一下,有了结论再作决定好吗?

肖毅点头说好，其实正中她的下怀。

出了公司，肖毅直接去了健身房做形体训练，直到满头大汗才想起不知这个决定正确与否，会不会达到预期的效果也很难说，索性不去想，大不了再换一家公司做。

女友说嫁人也是一条不错的出路，嫁得好还会是一条阳光大道，只是对于职场女人，爱情也是奢侈品。

忽然间不用工作了，不用朝九晚五地跑来跑去地赶时间，肖毅很不适应，难过地抱着一本闲书躺在沙发上看，杰克来电话问，你什么时候回公司上班？肖毅说周一吧，有什么问题吗？杰克说有一份合同找不到了。

第三天杰克又打电话来说：你今天能回公司上班吗？肖毅说，这个问题要问老板，我作不了决定。杰克说，销售部没有你，快乱成一锅粥了。肖毅听了杰克的话，笑容不知不觉中慢慢地爬到了脸上。

等到杰克打电话通知她回去上班的时候，她已经准备好了职业装，淡香水，放松的心情。

回公司之后，肖毅直接做了企划部经理，升职使一切谣言不攻自破。终于可以和杰克平起平坐，和杰克一样有了一间自己单独的宽敞明亮的Office，肖毅的脸上慢慢地绽开了含而不露的笑容。

副总在公司只待了半年就回国了，阿玫做不成副总的秘书了，被指派到企划部做了行政助理，也就是肖毅的手下，真是风水轮流转啊，阿玫小心翼翼地看着肖毅的脸色，却也看不出什么来，肖毅一如从前，她心里暗想，菜鸟升级该不会拿我开刀吧？

一个风姿绰约的女人

老板在一次部门经理会议上说，副总的位置将在部门经理中产生，半年之后视业绩而定。立刻引起了广泛的兴趣，几个中层经理明争暗斗，一场不见硝烟的战火即将拉开序幕。据内部传言，中层人士中，杰克和肖毅最具潜质，杰克是海归派，肖毅也不白给，经管的硕士，倒是一对好的对手。对于这种捕风捉影的传言肖毅从来都是一笑置之，不过说真的，她对这个副总的位置的确很感兴趣，她是个“官迷”。

过了几天的午饭后，杰克意外地到企划部坐坐，说是看看肖毅在企划部习惯与否。肖毅大有受宠若惊的感觉，连忙给他倒茶。

转眼到了圣诞节，在公司举办的圣诞晚会上，肖毅穿着黑色晚礼服，长发高高地盘在脑后，婉约而又冷艳。公司里有很多男士注意到她，看惯了她平时职业装和工作上的干练，忽然之间便有了错觉，对肖毅似乎有了全新的认识，她不仅是一个对手，还是一个风姿绰约的女人。

肖毅感觉到对面杰克看她的眼神有些炽热和怪异，杰克手中的半杯加冰的威士忌不觉间有几点倾倒在西装上，他尴尬得脸都红了。阿玫在肖毅的背后轻轻地捅了一下她的腰说，杰克爱上你了。

阿玫从到了企划部之后，乖顺了很多，不再嚣张。

杰克过来邀肖毅跳舞的时候，肖毅紧张得手心里出汗。

杰克真的开始追肖毅，常常给她打电话的时候，都是情意绵绵的，肖毅像中了化骨绵掌一样，身上发软，暗地里恨自己没有出息。

可是等到杰克送花、请吃饭什么那些老套的手法都用上时，她仍然照单全收。

亲爱的，男色早过时了

一天早晨，刚到Office，阿玫走过来小心翼翼地说，有一件事不知该不该告诉你，昨天傍晚我听销售部的人说，杰克追你是为了升职的事儿……

肖毅忽然间灵光一闪，一下子明白了，杰克为了升职不惜利用爱情，够卑鄙，肖毅心中特恨自己，怎么女人一跟爱情沾上边就变得弱智了呢。

公司里规定不许在公司内部谈恋爱，如果一定要谈，其中一方将被迫辞退。想来杰克就是安的这样的心，还以为他爱上了自己。

肖毅忽然觉得有些心灰，一个人跑去喝酒，喝大了，跳上台去唱歌，眼泪和歌声一起往外飞，灼得肌肤生痛。

第二天早晨起来，肖毅梳洗打扮，穿戴整齐，镜子里仍然是那个充满生机的白领丽人，看不出半点异样。只是杰克再请她吃饭什么的，她强忍着心中的恶心陪他玩，暗地里趁杰克放松了对她的警惕，暗暗努力，把工作做得顺风顺水，业绩突出。

老板宣布任命那天，大家都屏住了呼吸，不知道谁将出任公司的副总。然而老板的嘴里蹦出来的却是肖毅的名字，杰克傻了眼，肖毅伸出手去说，亲爱的，男色早过时了，恭喜我啊！

杰克并没有跟肖毅握手，垂头而去，而后交上了辞职报告。肖毅看得有些心痛，职场就是这么残酷，弱肉强食，强者生存的法则，比的是智商。

肖毅随后也交上了辞职报告,老板强烈挽留,肖毅却执意要去。阿玫过来说,为什么一定要去呢?这是一个很好的机会啊。肖毅拍了拍阿玫的肩膀说,我向老板推荐你做企划部经理,好好做!阿玫红了眼圈说,以前是我错了,因为我嫉妒你。你不要走好吗?

肖毅笑着说,我明白。有一家公司要我去,我觉得那儿能更好地发挥自己的长处,并且薪水比这里高很多,还有车,更何况我还是个“官迷”。

阿玫握着肖毅的手,脸上飞上了红晕,笑道,我们是不打不相识,以前是我太糊涂了,你别计较啊。

胖企鹅的情感方程

一

我不是那种人见人爱的女孩，有一段时间，我甚至怀疑除了我的老爸老妈，还会不会再有人爱我，看着镜子中的自己，像一只笨拙的企鹅，我几乎有了抛弃自己的欲望。我怎么会胖成这样？商店里那些漂亮的时装，只是装点别人生活的美丽风景，从来都与我无关；梦中的白马王子从我身边经过，没有一个为我停留，恋爱这种甜蜜的事也好像与我绝缘。

大学毕业后，有一段时间，求职无门，到处碰壁，心渐渐冷了下来。我觉得自己像一条被生活甩到岸上的鱼，再挣扎也是一个观望者，看着别人朝九晚五，周末派对，活生生地游在水里，纵有不甘，又能如何？

我尝试过节食减肥，简直惨无人道，坚持了三天，感觉就像世界末日一般，饿得两眼发绿，脚下发飘，冲进餐厅大开吃戒，对着那些美食恶狠狠地下箸，然后再慢慢地向自己忏悔，如此反复，终是放弃了减肥的念头，安慰自己，胖怎么了？人家央视的张越还不是照样红遍半边天？自此为自己找到了心安理得的依据。

有一次在人才交流招聘会上，亲耳听到一公司老总说，我的招聘观只有两点，第一看长相，第二看学历，同等学力的基础上，漂亮的起码看起来舒心养眼。

我泄气，尽管我也不算丑，可是我的身材先天不足，因此可能会比别人绕更远的路，付出更多的努力。我习惯了被拒绝，所以去舒总的财务公司应聘，我也并没有抱太大的希望，甚至做好了最坏的打算，大不了回小城教书，即使不能光宗耀祖，但一样可以发挥余热。

去了才知道，有很多人争这个职位，一个个看起来都很优雅、得体，看来是做足了准备。我心中有些忐忑不安，把资料递上去之后就走了。过了大约两周，财务公司打电话来通知我去复试，复试大约剩下二十来个人，个个都比我漂亮，所以我仍然没抱多少希望。

这次是舒总亲自把关。在一个小型会议室里，我第一次见到舒总，他的身上有一种逼人的气质，令人窒息。深邃的眼睛里一看就知道盛着很多的经历，大学里的小男生没有一个能同他相比，那是经过历练之后的沉稳从容和男人的味道，是女人的毒药。

二

当我接到财务公司通知，让我周一去公司上班的时候，简直有些不相信自己的耳朵，我重复地问了一句，是真的吗？对方说绝对不是玩笑，就挂了电话。

我高兴得几乎跳起来，终于可以留在京城了，这一直是我的梦想。我跑到一家小餐厅里，点了一份酸菜鱼，还有雪碧，然后开吃。这是我奖励自己的办法，也是贪吃的借口，难怪我会这么胖，还有比美食更让人惬意的事吗？

初到公司上班，有同事跟我说，咱们舒总，虽然名“花”有主，但还没有结婚，是个名副其实的钻石王老五。我听了淡淡地笑，别说名“花”有主，就是没主，和我有关系吗？就我这身材，直逼相扑运动员，会有人喜欢吗？我这人还算有自知之明，所以从不奢求不属于自己的东西。只是，有一件事儿，我一直想不明白，舒总为什么聘了我做他的助理，有多少人想这个位置想得头疼，包括公司里那些花枝招展的白骨精们，哪一个都比我养眼，可是舒总为什么偏偏挑了我呢？

因为我对别人构不成威胁，自然也不会有人把我当成对手，所以舒总的那些崇拜者们不断地对我宣讲舒总的传奇，舒总名叫舒林，南京人，三十一岁，正宗的海归男人，有一女友，漂亮而且厉害，像小红辣椒那么辣。

后来有风言风语传到我的耳朵里，说是舒总之所以选了我做他的助理，是因为他的漂亮女友有明文规定，不许选漂亮的女人放在身边，否则后果自负，所以舒总不得已选了我。

不言而喻，一切都是因为我又胖又矮，因胖得福，谋得了在京城里的立足之地。我再也高兴不起来，自尊心因此蒙上了一层灰尘，像一股强大的海浪把我重新涌到了岸上。我抱着茶杯，看着茶杯里起起浮浮的菊花，舒展的花瓣那么恣意，我哭了，眼泪掉进茶杯里。

再看到舒总，心里总有点不舒服，给他冲了咖啡，端到他桌子上的时候，竟然笨拙地洒到了他的文件上，舒总抬起头来看我一眼，只一眼，就让我慌乱成一团，额上还渗出了细密的汗。

舒总对我几乎到了苛刻的地步，平时除了吩咐我工作，几乎不跟我说一句多余的话，甚至看都不看我一眼，无视我的存在。好歹我也是保险财会专业的硕士，做的工作却是一个普通文员的工作，整理文件，收发传真，安排饭局，替舒总接待不是十分重要的客人，替舒总参加不十分重要的商务派对，甚至泡茶打字什么的，我都亲自做。尽管心中有点委屈，但我做得还是十分努力，不管舒总的出发点如何，毕竟是他给了我一个立足的支点，我要在这个点上，把握机会。

半年之后，舒总逐渐地指导我学一些国际商法、商务英语之类的书，尽管枯燥，但总比闲着好。因为舒总常常加班，所以我会静静地坐在那儿啃那些书，偶尔会听到他跟女朋友通电话，我很奇怪，他们不像大多数情侣那么缠绵，相反倒是常常吵架，有时在电话里忍不住就争执起来，我忍不住想，看来谈恋爱也很累，心累。

三

有一次下班后，我收拾好文件，偶然抬头，看到舒总伏在办公桌上，两只手深深地插进头发里，一动不动，眉头紧紧地纠结在一起。不知道为什么，看到他颓败的样子，我心里竟然隐隐地疼，猜想他一定是遇到了什么麻烦的事儿。我在心中暗骂自己没出息，我为什么要关心他呢？

果然，几分钟之后，舒总从办公室里走出来，手里提着车钥匙，扭头看见我还没走，很意外的样子，随意地说，愿不愿意跟我去兜风？我当然求之不得，欣然地跟着他下楼。他去开车，我看着他的背影发呆，他完全不像是一个恋爱中的男人，他的背影竟然有一丝落寞的味道。

是一辆普通的黑色尼桑，车子开上了高速，他的脚踏在油门上，轻轻一用力，车针一下子蹿到了一百五十，我的心提到了嗓子眼，心情不好也不能用这种方式发泄啊，要出人命的。怕刺激他，我尽量温柔地说，舒总，开慢点儿，太危险了。舒总扭头笑着看我说，没事的，你放心，我的技术一流。我回敬他：舒林，不是我不相信你，你带着情绪开快车，会出事的，你再不停车，我跳下去。我是第一次喊他的名字，他回头看我，我勇敢地接住他的目光，他笑着摇了摇头，没说什么，把车慢慢地停在路边。

路边开满了金黄色的野菊，在夕阳下，迎着风轻轻地摇曳。我说，生活这么美好，你愿意舍弃吗？我们回城吧！我来开。

我不由分说，拉开车门绕过去，他乖乖地坐到旁边的位子上。我以时速六十的速度慢慢地走在回城的路上，打开车里的音响，放了一首《盛夏的果实》，莫文蔚几乎不带感情色彩的声音在车里回响，他渐渐趋于平静。

回到城里，七拐八绕的，在巷子里找到一家小得不能再小的餐厅，舒总回头看我，我说别看，吃饭啊！吃了饭才有劲和自己发脾气。他不说话，看着我笑，我的心被他的笑容温柔地牵动了一下。

要了一盘盐水鸭，两瓶啤酒，和舒总相对而坐，他的眼睛里是惊喜的神色，他说，你怎么知道我喜欢这个？我说，因为我知道你是南京人啊。我趁机对他说，调节情绪有很多种方法，别走极端，比如美食，吃完之后，保准你什么烦事都没了。舒总笑了，回言，怪不得你这么胖。

我的脸一下子红了，这人真是不知好歹，我还不是为了他，他竟如此揭我的短处。

四

回到办公室里，依旧和从前一样，并没有多余的言语，仿佛从来没有一起吃过盐水鸭。我承认我有一点喜欢这个名“花”有主的男人，为了这一点喜欢，为了浇灭这一点妄想，我不停地去赴别人安排的相亲，和那些没有感觉的男人在一起，我完全不用顾及什么。第一次和一个男孩相亲，只是一起吃了顿饭，那个男孩便被我在饭桌上的气势震住了，十分钟之后逃之夭夭，从此再也没见踪迹。第二次和一个私营小老板相亲，他一看到我就露出了爱莫能助的神情，我差点晕倒，他自己那么胖，竟然还嫌我胖，真是世事难料啊！自此对相亲的事儿深恶痛绝，哪怕此后孤独百年，也决不再参加这么无聊的活动。

我忽然变得爱美起来，开始新一轮的减肥，买大码的时装作减肥的目标，鼓励自己，换了发型，公司里很多同事发现了我的变化，于是有很多风言风语传出来，说我爱上了舒总，是为追舒总才用了如此多的心思。我偷偷地看舒总的反应，他和平常一样，并没有什么明显的迹象。

一波未平，一波又起，谣言还没有散去，舒总的女友气势汹汹地到公司来找我，我终于见到了这个传说中的人物。栗色的长发，微微地卷曲着，玲珑的身段婀娜多姿，长及脚踝的咖啡色大衣配棕色的软皮小靴，不能不承认，这个女人的品位，优雅而且得体，与舒总很相配。

她走到我的办公桌前问道，你是积雪？我点点头，还没有反应过来是怎么回事儿，脸上已经挨了她一巴掌，我捂着火辣辣的脸问她，你怎么打人啊？她毫不含糊地说，打的就是你，看不出你胖得像个冬瓜，走起路来像只企鹅，还有当狐狸精的本事。

受此大辱，眼泪霎时溢满眼眶，她特意挑了一个舒总不在公司的日子来，看来是蓄意而为。办公室里的同事纷纷围过来，等着好戏开场。我忍着眼泪没有掉下来，看着舒总的女朋友说，肥胖不是我的错，也不是你进行人身攻击的理由，我自己能正视这个现实，所以不劳你操心我像冬瓜还是企鹅。舒总不是你的私人物品，他还没有和你注册，一天没有结婚，我就有追求他的权利。你敢不敢和我竞争？

这个跋扈的女人恼羞成怒，抬起手来又想打我。舒总不知什么时候回来了，他从人群里穿过来，一把扼住他女友的手腕说，你太过分了，胡闹什么？

他把她拖进了办公室，然后传出争吵的声音和瓷器碎裂的声响，那么刺耳，同事们纷纷散去，我扭过头，忍得很辛苦的眼泪终于落下来。

五

我猜想，那天舒总一定是把我的话一字不落地听进了耳朵里，我有些窘。公司里的同事议论纷纷，说我胖得像只猪，也敢打老板的主意，不知天高地厚。我假装不在意是真的，回到家里趴在被窝里掉眼泪，也是真的。也曾想过辞职，可是在那么多人面前夸下口，然后一走了之，似乎有点更丢人，再说逃跑似乎不是我的风格。

舒总倒像什么都没发生一样，在小餐厅里吃饭时，他会凑到我的桌子上一起吃，有说有笑，并不避嫌。我有几分感动，他是一个坦荡而且磊落的男人。

几个月之后，忽然听到他被降职的消息，总公司把他调到下面的一个厂子当厂长。新的财务公司经理曾私下里找过我，问我愿不愿意继续留在公司里。回到家里，我想了一宿，我不会在舒总困难的时候改投他人门下，我想跟着他去新的单位，可是他从来没有问过我，哪怕是暗示。想来想去，唯一的办法是在他走之前辞职，以表明我的态度。

去他的办公室递交辞职信，他接过去看了一眼，然后放在桌子上说，也好。然后慢慢地从抽屉里拿出一个小锦盒递给我，他说，这个早买了，一直想送给你，老是没有机会。我打开来，是一只可爱的水晶企鹅，胖嘟嘟的，十分可爱。

他没有说半个字的挽留，原来在他的心中，从来就没有过我的位置，在他的心中我依然是只胖嘟嘟的企鹅，在泪水落下之前，我转过身，仓皇逃离。

在家里待了三个星期，寂寞的日子里，更加想念舒林。常常站在窗前一动不动，像一只发呆的企鹅。舒林于我没有半分的许诺，我真傻，舒林这样的男人怎么会倾心于我这样一个女子，爱情对于我来说，只是一道无解的方程，哪怕我再努力也不会找到答案。

去超市买东西，想不到会遇到舒林，他关切地问我，我送你的那只企鹅，你打开看了吗？我点点头。舒林脸上的笑容渐渐隐去，我不明白自己说错了什么，一个人慢慢往回走，心带着湿漉漉的疼，他给不了我想要的爱情，又何必再纠缠呢？

过了几天，在街上遇到以前的旧同事，他神秘兮兮地对我说，知道舒总为什么被降职吗？总公司的老板让他把你开除，他不肯。我疑惑地问，我好像没有得罪谁啊？旧同事笑道，总公司的老板是舒总旧女友的老爸。我愕然。难怪他没有挽留我，原来他自己也没有着落，看来我真是一只笨企鹅。

忽然想起舒林问我，有没有看过那只企鹅，匆匆跑回家里，打开锦盒，锦盒的夹层里掉出一张小纸条，上边写着，如果你愿意做我的女朋友，你得请我吃盐水鸭。

喜悦刹那间拥满了我的心房，原来我的爱情并不是一道无解的方程，我跑到上次去过的那家餐厅，买了只盐水鸭，还有两瓶啤酒，匆匆忙忙地跑去找舒林，我不会再放弃幸福的权利，我要解开这道爱情方程。

见到舒林，我问他喜欢我什么，他说，你有很多优点。他伸出手指，一本正经地数起来：温柔、善良、能干、贤淑、心灵美，是个懂礼貌的好孩子，只是不可以再胖下去，不然我会背不动你的。

我笑，一直笑出眼泪，那是幸福的眼泪，我终于开始谈恋爱了。

寄居蟹的爱情没有春天

寄居蟹是寄居在贝壳里生存的海洋生物，遇到敌人或危险时，会立刻缩入寄居的壳中，这种看似懦弱的生存方式，却使寄居蟹在危险丛生的海底世界，得以安然无恙地生活着。

一

遇到小北之前，我是一家公司里的小职员，没有什么远大的计划，也没有什么宏伟的目标，更没有什么不切实际的野心。安安分分地做好本职工作，唯老板命令是从，过着一份平平淡淡的生活。

公司招了一批新人，新面孔多起来，呼啦啦的，公司一下热闹起来，看得人眼晕，那些女孩像春风吹皱平静的水面，总会搞出些意想不到的花样。

老板让我负责这批新人的培训工作。年轻的女孩聚到一起，嬉笑打闹捉弄人，加上每天培训开会考试，头都大了起来。这些女孩中，有一个叫小北的，很活跃，也很出色，身材高挑，笑起来眼睛弯弯的，说话像风吹过风铃，脆生生的，悦耳好听。我不由得多看她几眼，她就扬起眉毛，似笑非笑地丢下一句话，看什么看？没见过美女啊？大家很配合，“哄”的一下笑开来，声浪差不多能掀掉屋顶。

这么无所顾忌的女孩，我还是第一次遇到，让我这个像寄居蟹一样小心翼翼生活在老总眼皮子底下的老男人，着实吓着了，我不敢正视她，不知道她还会说出什么无理的话来。

三个月之后，培训结束后，十来个女孩中淘掉了三个。其中一个和小北关系比较好，叫于明明，她的父亲生病、住院，中间耽搁了一段时间，她被淘掉理所当然。

于明明走的那天晚上，小北责问我，为什么淘汰的是于明明，而不是房红？房红不但成绩差，而且她迟到早退，经常不参加培训，大家有目共睹，为什么她可以留下？怎么体现公司的公正？

我不知道该怎样跟小北解释，房红是老板的外甥女，是老板唯一指定不能淘汰的人，在这家公司里，我只是一个小职员，哪有我说话的份儿？我咳嗽一声，说，小北，很多事你看到的只是表面，谁该留下来，谁该淘掉，并不是看上去那么简单。小北没等我说完，用尖锐而且刺耳的声音说，是你有意偏袒她。

我脸色铁青地对她说，公司不是游乐场，也不是任你发挥想象力和小聪明的地方，终有一天，你会像我一样收起所有的锋芒，终有一天，你会明白什么是人在江湖身不由己。

小北低垂着头，有些泄气地说，想不到公司这么没有人情味。讥讽我说，不愧为总经理助理，真是听君一席话啊，以后我再也不用读书了。不过你的话令我想起了一种海洋生物，整天躲在贝壳里的寄居蟹。

寄居蟹我是知道的，当它遇到外敌或危险时，会逃回寄居的贝壳中。这丫头的嘴，真够厉害的，我的脸不由得发烧起来，好在是黑夜里，她看不到。

二

小北和房红一起被分到销售部，不同的是房红做了销售部经理，而小北做了她的助手，房红一步到位做了部门经理，中间连个过程都没有，很多人都不服气，但那是老板亲自定的事儿，有什么办法呢？

经常在公司里碰到小北，依然是一副没心没肺的样子，还是那么调皮淘气，遇到看不过眼的事儿，依旧不懂得掩饰，我暗自替她担心，这样的性格，早晚会吃亏的。

五一黄金周，很多单位都放假，我们只有艳羡地流口水的份儿，越是这样的日子，我们这样的公司会越忙。

黄金周的战前动员是老板亲自作的，老板充分发挥了自己的长处，鼓动唇舌，直讲得嘴角泛起了白沫，为大家描绘了一幅美好的图画，甚至加薪红包之类的诱惑字眼通通都用上了，把大家的情绪调动得非常饱满，磨刀霍霍，人员都作了充分的调整，部署了周密而详细的计划，想一举打败对门那个有力的竞争对手。

结果和想象的一样圆满，黄金周大获全胜，卖场销售额创下了有史以来的最高纪录，公司大摆庆功宴，一群人马浩浩荡荡地去吃饭跳舞K歌，老板的脸上堆满了多年难得一见的喜庆和笑意。我端着一杯啤酒，远远地看着小北，她穿高跟鞋，一头纷乱的碎发，张扬不羁，喷鸦片香水，和人碰杯，与老板共舞，并不懂得避嫌，说着虚浮无聊的话，忙得像一只陀螺，大家都看着她笑，这种场合，没有人会尽兴，只有她，像个小傻瓜一样，玩得不亦乐乎。

说实话，老板并不是很老，而且舞跳得很好，只是看到美女就有些把持不住，他的手在小北的腰上不安分地乱摸起来。我担心小北那臭脾气会甩他耳光，如果那样，她肯定在公司里干不长久，这个傻丫头根本不懂得如何保护自己，我急得出了一脑门的汗，急中生智，掏出手机给小北打电话。我说小北，饭店外面有人找你，快点去吧！

小北路过门口时，看到我呆呆地站在那里，于是笑嘻嘻地问，江助理，你干吗总是绷着个脸，你就不能高兴点儿，与民同乐一回吗？我笑，骂她，别瞎操心了，去看看到底是不是你男朋友来找你。

过了一刻钟，小北还没有回来，我的心中忍不住开始七上八下，难道我的虚晃一枪竟然变成真的不是？

跟同事说，喝多了酒，胸口发闷，出去转一圈，其实是想探听小北的虚实，我发现自己忽然变得很八卦，竟然那么想知道小北的事儿。

饭店外面是一条街，街上有一排槐花形的路灯，偶尔会有车经过，小北站在路灯下，和一个人在说话。我慢慢踱过去，那个人就离开了。我惊讶地问她，那人真的是你男朋友？小北捂住嘴笑，说那人不过是一个问路的。

和小北站在路边的街灯下都不吭声，灯影里，两个长长的影子，相对无言，可是我的心里却是欢喜的。

三

十一黄金周在流水一样的日子中来临，依旧是老板作战前总动员，鼓舞士气一向是他的拿手好戏，手段依旧是老三样，加薪红包升职，公司里到处充斥着大战前的紧张和不安。

然而，令我们满怀希望的黄金周静悄悄地来，静悄悄地去，我们的卖场大爆冷门，门前冷落车马稀，根本没有几个人光顾，也没有达到预期的理想效果，看来广告和宣传都白做了。销售部经理房红不再把胸挺得老高，如同一朵开败的花儿，垂头丧气。

庆功会措手不及变成了总结会，令人意想不到的是，房红竟然在总结会上把所有的过错全部推给了小北，说她市场定位不准，不该把目标定在高档品牌服饰上，受众应该只是普通的小白领，而不是成功人士。甚至言之凿凿地说有人看到小北向客户索要好处，才把这个徒有虚名的名品引进卖场。

尽管很多人不接受这个说法，但对于这件事总要有一个人出面承担责任，换句话说，不管是包袱还是黑锅，总得有人扛。房红及时地推出了小北，所以并没有人反驳这件事儿，尽管大家都是心知肚明，小北并不是元凶。

我犹豫着要不要站出来替小北说句公道话，因为凭我一个人的力量，无疑是鸡蛋碰石头，根本无济于事。老板作了总结性的发言，说原因一定要查找，失败的经验教训一定要总结，至于小北向客户索要好处这件事儿，公司会调查处理的。

依小北的臭脾气，怎么肯受这样的委屈？更何况是诬陷，听说这件事之后，立刻跟房红吵了起来。小北说，如果说，市场定位不准确，或者市场分析做得不充分，我承认，但是你诬陷我向客户索要好处，是根本没影的事儿。如果有，我一定是受了你的指示，因为你是我的上司，负有不可推卸的责任，收了好处也是一人一半。别人不知道，我是知道的，你的名牌香水名品衣饰都是向客户索要的好处费购买的。

房红气得浑身发抖，说不出话来，她根本想不到小北会出此策，信口开河地胡说八道。

我去找小北，通知她老板找她谈话，两个疯子似的女人才停止了战争。这个道貌岸然的老板竟然给小北开出了卑鄙无耻的条件，第一接受公司的处罚，第二就是顺从老板的意思，做一次老板的情人。小北冷笑，两条我都不接受。

老板原本就对小北窥探多日，怎奈升职和利益都不能使小北就范，早就急得像一只热锅上的蚂蚁，这次终于忍不住下手了。

听到里面有动静，我急得不知如何是好，在走廊里来来回回地走，灵机一动，敲开门，对老板说，有外国客户来访。老板打开门，瞪着我吼，就算玉皇大帝来访，此刻我也不见。我看着他脸上的抓痕，忍不住想笑，终于遇到厉害的角色了。转头忽然看见小北，她的长发已经散开，衣服的纽扣也有几颗被挣开。我有些心疼，这是什么老板，简直是色狼，简直无所顾忌。我和他僵持着，站在门口不肯离开，老板吼，江振原，我限你一分钟之内离开，否则我开除你。

每次听到老板这样讲话，我都会乖乖地离开，此刻听他大吼，竟然条件反射地转身离去，竟然无视小北乞求的眼神。

在门外听到小北冷冷地说，老板，你再这样无礼，别怪我不客气。老板乖张地笑，说，小北，我喜欢你这样有性格的女孩子，你怎么就不明白呢？

小北冷笑，我学了三年的跆拳道，就为防身，今天终于派上一回用场。她出来的时候，她的身后一片狼藉，老板捂着鼻子，鼻血流得到处都是。我放下心来，看着她，她笑，说江助理，可以保得一世的荣华富贵，小北恭喜你。

小北的话让我无地自容，我想跟她解释，我不是有意那么做的，可是我说不出口，眼睁睁地看着小北从我身边离去，那一刻，我知道，我永远地失去她了。

小北不见了，她辞职后，彻底从我的视线里消失了。我去很多地方找她，终于在迪厅里找到她，她随着音乐疯狂地摆胯摇头，纤腰蛇一样扭动，我的心像被烧红的石头烫着一样。背景音乐是，跳，寂寞了我就跳，寂寞了我把音乐当夜宵，寂寞了我就跳，寂寞了我就跳，能让自己快乐才最重要。

我呆呆地看着小北狂舞，一直看得流出了眼泪，我知道一切和从前都不一样了，寄居蟹的爱情没有春天，也不可能有春天，谁会爱上一只遇到困难和危险就逃回贝壳里的生物？

没有和小北告别，我黯然离去，但转身的瞬间，还是看到小北眼角晶莹的泪，轻轻地落下来，那滴泪那么柔软地砸在我的心上，砸得很疼。

盗版爱情

一

年底，我被公司派到海边一座城市的服装研究所学习，我非常珍惜这个机会，因为我对服装设计这一行非常痴迷，我喜欢法国著名服装设计大师纪梵希，他的作品优雅、高贵、精致，我想成为像纪梵希那样的设计师，尽管我知道这样天才的设计大师，半个世纪才出一个，但，不想成为将军的士兵不是好士兵，努力就会有回报。

我相信勤能补拙，闲时，常常去街上溜达，看着街上过往行人的穿戴打扮，寻找设计灵感，累了就坐在当街的长椅上歇息，喝上一瓶自动售货柜里买来的可乐。

街的两边有着数不尽的商家，一家一家地看过去，终于被一家小店门楣上的几个字所吸引，上面写着“杜宇布衣坊”。我抬脚走进去，店里的客人很多，却只有一个年轻的男子在忙碌，耐心细致地回答客人提出的问题，我看他一时间忙不过来，便自顾自地观看那些摆在橱窗里的样品。一直到他走过来，温和地问我，小姐，你需要点什么？我才回过神来，我笑道，别叫我小姐，概念容易混淆。他听了，脸一下子红了，我饶有兴趣地看他，一个北方男人，长得高高大大的，看上去蛮帅的，却想不到这么容易脸红。我对他说，你这些衣服，好是好，颜色也不错，设计也很出新，只是装饰太多了，装饰应该是一件衣服的画龙点睛之笔，太多了便会掩盖主题，没有主次，容易给人混乱的错觉。我尽量用浅显的道理说给他听，下次上货的时候注意点。

走出店外老远，听见他在身后追着我喊，小姐、小姐……

我回过头来用手点着自己的鼻子问，是叫我吗？他的脸又红了，真是个不长记性的家伙，他点头说是。我笑了，问，还有事儿吗？他说，我叫杜宇，这些衣服都是我自己设计的，有很多不足之处，希望能和你一起探讨一下。

我惊讶道，你？你又要看店，又要设计衣服，忙得过来吗？杜宇说，本来有一个人帮我看店的，他今天有事儿请假了。

我回到他的店里，和他唠了一个下午，他对服装设计很有些见地，特别是色彩方面。我是主攻职业装设计的，他的兴趣在时装上，有相通之处。

那是我第一次见到杜宇，并不像一般意义上的设计师那么前卫和新潮，他是一个稍稍有一点点腼腆的男人，给我留下了极深刻的印象。

二

有一天，去会展中心看一个小型的时装展演，出来的时候，我到下沉广场旁边自动售货柜前，打算买一瓶可乐，排在一个小女孩的后面，小女孩高高兴兴地投币后，取了饮料跑了。轮到我，投币后，却不见可乐出来，气得我踢了售货柜一脚。望机兴叹之际，杜宇不知什么时候站在我的身后说，我要告你破坏公物，我一回头看是杜宇，便高兴起来，先帮帮我，然后再告不迟，这个破机器欺我不是本城人，吞了我的币，却不吐货出来。

杜宇笑了，竟然和我开玩笑说，那是它和大小姐您还不熟，让我来试试。他蹲下身子，对着机器左拍拍，右拍拍，可乐便跳了出来。我兴奋起来，开玩笑道，看来这个自动售货机也会欺生啊。

那天，他也是来看时装展演的，我们绕着广场，走了整整三圈，绿茵茵的草地，清新的海风，有小孩子在放风筝，我和他讨论着这场时装展的一些细节问题。他坚持着自己的观点，说整场的时装展，主题虽然是“夏季的海风”，但很多细节与主题不符，特别是色彩方面，如果用蓝色、白色为主，绿色为辅，可能整体效果会更好一些。

他有一些小小的激动，也很有自己的观点，和我争得面红耳赤，尽管如此，我对这个敢于向名家指手画脚的小伙子，不由得刮目相看。

我和他绕着广场不知走了多久，到后来，我的腿都有些迈不动步了，站在一群雕塑中间，摆了一个姿势站在那里一动不动，竟然真的有人过来摸摸我的手，摸我的脸，新奇地说，这个是真的哎！我忍着痒站在那里等杜宇，杜宇过来牵我的手说，想不到你这么调皮。不知为什么，那一刻，我有心跳的感觉。

三

好像是从那次开始，我和杜宇走得越来越近，没事的时候，常常在一起讨论关于服装设计上的一些问题，我这个专业人士有时候还真的无法说服他这个非专业人士，他对自己的观点常常坚持到说服我为止，他的理想是去浪漫的时装之都法国留学深造。

在研究所学习的时光，单调而且乏味，我常常找各种各样的借口去杜宇的家，下了马路，转过一条小街，街角有一棵梧桐树，树下面是杜宇的家。杜宇的家跟梧桐树一样老，有百八十年的历史，是殖民地时期的产物，有着明显的时代烙印。每次从研究所跑出来，到杜宇家里蹭饭吃，杜宇亲手为我做鲅鱼饼子，金黄的玉米面饼子伴着鱼的香味，令我垂涎欲滴，诱惑着我的食欲，顾不得吃相的不雅，贪婪地一扫而光，杜宇看着我微笑，他说我吃东西的样子，让他想起生活的美好。他说我的吃相像个馋猫一样，我便“喵喵”地叫两声，跟在他身后挠他，杜宇说，再挠我，不给你吃鲅鱼饼子，我便不情愿地把手缩回去。

实在经受不住这道菜的诱惑，也曾试着做过两次，做法很繁复，要过油，然后回锅，味道和杜宇做的实在无法相比，相差太远。也曾试着跑到街上的小饭馆里去吃，可是都比不上杜宇做的味道好，我怀疑杜宇做的这道菜里有爱情的味道。

杜宇的家是我最爱去的地方，尽管只是一间旧得有些斑驳的老房子，可是那里却很温馨。阳光明媚的午后，树影透过窗子落进屋子里，我和杜宇坐在老式的椅子上听一张张的唱片，咿咿呀呀的，透着岁月的痕迹；喝一盏盏的清茶，看一些时装设计方面的书籍。有时候也会从图书馆抱回一大堆关于时装设计方面的资料，我也会把朋友从国外带回来的时装设计资料带给他看，我们都在积极地为时装设计大赛做着准备，希望自己的作品能够一鸣惊人。他非常喜欢与专注，我相信他在时装设计方面一定会有所造诣。

差不多有半年多的时间，我都和杜宇腻在一起，查资料，找灵感，挑选手感质地精良的面料，精心设计制作准备第二年夏季时装博览会的参赛作品。北方的冬天真冷，画图查资料的时候，手指都是僵硬的，可是看到杜宇，心中却是温暖的，两个人一起分享着一块面包，一块巧克力，甚至一个杯子里的水，尽管焦头烂额，生活很苦，但有杜宇在身边，很有些苦中作乐的感觉。

四

时光在不知不觉中流逝，七月来临时，我和杜宇既兴奋又紧张，终于到了检阅我们成绩的时刻。

这个城市盛大的节日拉开了序幕，到处洋溢着节日的氛围，我和杜宇都参加了这次大赛，不同的是，我参加的是专业组的，参赛作品是职业装系列，主题是体现白领丽人优雅庄重中透着前卫和追求，这套黑白系列，杜宇非常看好，他说我的作品一定会获奖。

杜宇的参赛作品是女性时装系列，时尚清新中糅合了民族的元素，用色方面是他非常擅长的，大胆的对比色，在他的作品主题中体现得强烈而且自然。在博览中心展演的时候，博得了阵阵的掌声，坐在观众席上的我，真为他高兴。心里想着，他终于把一只脚迈进了时装设计的领域，好的开始，往往是成功的开始。

正当我从心里为他高兴的时候，我忽然看见一个模特展演的一套作品非常眼熟，我忽然就呆住了，目不转睛地盯着女模特，眼泪不争气地涌出来，心不能自抑地感到愤恨和屈辱。我记得当初设计草图出来的时候，给杜宇看，杜宇羡慕地说，这件作品一定会成功的。没想到，他把这件职业女装，只在袖口和领口稍做改动，变成了一件完美的时尚女装。

杜宇，这个我喜欢的男人，竟然盗用了我的设计，我简直有些无法相信自己的眼睛，脑子里嗡嗡作响，根本不能接受这个事实。

我胡思乱想着，要揭穿他吗？揭了他的底牌，他的前途就完了，他作为设计师挤进时装界的理想也就破灭了，当然，一同陪葬的还有我们的感情。可是不揭穿他，我的心底怎么能平衡呢？这样一个有人格缺欠的人，我还会再接受他的感情吗？

想起曾经，其实就是不久之前，在一起对着画板发呆，为了设计中的一个小小的细节，争得面红耳赤，为讨论设计的基调问题，我不能说服他，他也不能说服我，我生气摔碎了他心爱的明窑瓷盘，当然是仿的，他心疼地骂我不可理喻，我三天没有理他，生气不吃东西，他竟然每一餐饭都做好了，亲手端到我面前，违心地说自己本来就嫌那个瓷盘碍手碍脚，早就想摔了，谢谢我做了他想做的事儿，我破涕为笑，我们和好如初。

我看着杜宇，不眨眼地看着他，这还是我认识的那个杜宇吗？掌声如潮水般地响起来，我醒悟过来，舞台上，闪光灯耀得人眼花缭乱，闪光灯对着杜宇闪个不停，他抱着大束的鲜花，脸上挂着志得意满的笑容，非常谦和地向评委和观众鞠躬答谢。

我忽然间笑了，一直笑得流出了眼泪，我无心再在这里做杜宇的陪衬，傻瓜一样坐在观众席里为他鼓掌叫好，一个人悄悄退出人群，没有人注意到我。

五

第二天，杜宇跑来跟我解释，我不想听他那些冠冕堂皇的理由，所以一直躲着不见他，也不接听他的电话，如果他还是一个有良心和道德观念的人，他会受到自己的惩罚。

这个男人的所作所为，让我觉得像吃了不净的东西一样难受。

一周之后，杜宇又来找我，说是约我去看街头的巡游表演，我不理他，他就跟着我，我走到哪里他跟到哪里，无奈，我只好答应了他。我也想听听他对那件作品怎么解释，会给我一个什么样的说法，所以我跟他去了。

走在我身边的他，高大挺拔，有着迷人的笑容，曾经令我迷惑的笑容，可是他只字不提那次展演的事儿，失望在我的心头像涟漪一圈一圈地泛大。

挤在一大堆的人流之中，热闹的氛围却让我觉得心头很冷，杜宇牵着我的手，仿佛毫无芥蒂。他的手大而温暖，我转头看他孩子一般高兴的脸，全无间隙的样子，这个比我大四五岁的男人，为了将就我，竟跑出来陪我看这么热闹的东西，在我心里，分明知道，他是喜欢安静的。

一群老大妈穿着粉红葱绿的绸衫扭秧歌，孩子们则滑旱冰，小脸上画满了油彩，时装模特站在扎满鲜花的彩车上，摆出各种造型。

不知怎的，我和杜宇牵着的手，便被人流冲散了，回头看见没有了杜宇，心中有说不出的孤单和害怕，我到处找他，人群在我身边涌来涌去，我像一叶浮萍一样漂在上面，站立不稳。看见人就问，你认识杜宇吗？明明是无望的，明明知道，找到了又怎样？但却偏偏要问，心一点、一点地绝望。

裹挟在人流之中，不由自主地往前走，忽然看见杜宇在路的对面，他冲我摆手，可是我们只能对望着，巡游表演的队伍，观看表演的人流，如潮水一般，围得密密实实，我过不去，他也过不来。

手机响起来，看看号码是杜宇，可是嘈杂的人声，鼎沸的人声，让我什么都听不见。我用一只手堵住另外一只耳朵，听见杜宇说，雪儿，我爱你，我爱你……

眼泪不听话地流下来，我对着手机喊，可是，你就不想对上次时装展演说点儿什么吗？良久的沉默之后，杜宇说，雪儿，我没有勇气看着你的眼睛说出这些话，其实我不想这样的，真的，我那么爱你，可是越是爱你，心里越是难受，你已经是国内小有名气的时装设计师了，可是我，什么都不是，开着一家小店，做着一个小小的老板，我怎么能配得上你？看在我那么爱你的份儿上，你原谅我的一时糊涂，好吗？我太想成功了，只有这样才能让我挤进时装界，这些年，你知道我奋斗得有多苦？雪儿，原谅我，好不好？说到后来，杜宇的声音竟然有了哭腔。

我狠了狠心说，我不能原谅你，这是你人生中不可以原谅的败笔，不要给盗版穿上爱情的外衣，不要以爱情的名义，来亵渎我对你纯真的感情，可不可以？你记住，在通往成功的路上，永远没有捷径，哪怕是以爱情的名义抄袭。

我有些声嘶力竭，说到后来，电话里没有一点儿声音，杜宇不再乞求我原谅。我知道，我们之间结束了，眼泪止不住地流下来。

我看着站在路对面的杜宇，心中绞痛，为什么要以这种方式让我疼痛？其实我真的不在乎他是干什么的，工人、农民、设计师抑或种田的，可是他却为了成功，不择手段。

随着人潮涌来涌去的杜宇，那张英俊的脸，一点、一点地虚无，渐渐地淡没，渐渐地被人群涌出我的视线之外。

错失格桑花

格桑花是生长在西藏高原的一种野生植物，花朵很小，花瓣简单，柔弱却有顽强的生命力。草原上，山涧的石缝里都能看到它美丽的身影。格桑花在藏语中是指幸福的意思，格桑花是幸福之花。

一

认识阿姆的时候，我正处于人生的低谷，相恋三年的女友因为我挣不到钱给她买名品衣饰，所以投入了一个加拿大籍华人的怀抱，而我为了她放弃了稳定的工作，去拍电视广告，与朋友合开文化公司，但我终究没有成为一个商业奇才，相反却成了一个自由职业者。

那年夏天，我背着笔记本电脑，去美丽的丹巴小城疗伤，喜欢上当地淳朴的民风和宜人的风光，加上吃住都便宜，远离尘世的纷争，所以我决定在那里住上一阵子。

丹巴古称“章谷”，藏语的意思是“在岩石上的城镇”。丹巴小城在我看来更像一个天然的氧吧，我躲在丹巴小城里，自由地呼吸着纯净透明的空气，白天拍风光照片，晚上写游记，顺便给报纸上开的专栏写两篇胡侃的小文，过着惬意自由的生活。

我住在一个名字叫格桑花的小旅馆里，吃过晚饭后偶尔会出去散步。

第二天，我遇到了美丽的丹巴女孩阿姆，她主动跟我打招呼，问我需不需要导游，我饶有兴趣地看着她，她个子很高，长得很漂亮，不施粉黛，我不由得想起“清水出芙蓉，天然去雕饰”。

我问她多少钱，她咯咯地笑，伸出手指比画，说不贵的，一天只需要二十块。我摇了摇头说，太贵了，我住的旅馆一晚上才二十块钱呢。她见我并不热衷，有些着急，说十五块吧。见我还是摇头，她有些泄气，说如果我请她当导游，她就每天早晨送我一壶乌润鲜美的功夫红茶，我颇为心动。

于是我和美丽的阿姆姑娘击掌为誓，算是口头签署了导游合约。阿姆不是专业的导游，但她却为此干了三四年，她说她要挣钱，供弟弟上大学。

去墨尔多山那天，我问阿姆，丹巴为什么有那么多美女，阿姆给我讲了一个丹巴的古老传说，许多年前，有一只美丽的金凤凰飞到了墨尔多山，落地后化成了美丽迷人的少女，于是丹巴就成了出产美人的地方。

阿姆讲得很认真，不时地侧头看我，我笑，说，据史书记载，西夏王朝灭亡时，有大批的后宫嫔妃从遥远的宁夏逃到了山清水秀的丹巴，所以丹巴女孩气质高贵神秘，令人惊艳。而我们美丽的阿姆姑娘说不定就是哪个王宫贵族的后裔呢。阿姆起先静静地听我讲，目光中不经意地流露出敬佩的神情，她说，你知道的可真多。后来听我把她也联系上了，就笑了起来，我的心被她的笑容温柔地牵动了。

在墨尔多神庙，阿姆虔诚地双手合十，行礼。我问她许了什么愿，她说希望弟弟将来考上大学。我艳羡地说，如果我有你这么个姐姐，死也知足了。她有些害羞地问我，那我给你当姐姐，你干吗？

面对阿姆期许的眼神，我摇了摇头。

从神庙出来，我从一个高处往下跳的时候，被一块带尖的石头刺伤了脚踝，血顷刻流了出来。阿姆跑过来，不由分说，把她的衣袖子撕下来，使劲裹住我的伤处。

血被止住了，阿姆背我下山，然后租车，直接送我去医院。在这个人生地不熟的地方，我只能这样接受阿姆的安排。

阿姆每天来看我，当真每天带一壶乌润鲜美的红茶，老远就闻到茶香四溢。渐渐地，我开始每天都盼望阿姆的脚步声。

有一天，她来的时候带来一把格桑花，顺手插进我房间的一个空瓶子里，嘴里哼着一首欢快的民歌。她单纯快乐的气质感染了我，我忍不住在她的背后拥住她，而且吻了她。我以为阿姆会赏我个嘴巴子什么的，可是她没有，她附在我的耳边轻轻地说，我喜欢你。然后，慌张地跑掉了。

二

第二天早晨，我睡得正香，被骤响的电话铃吵醒，是母亲打来的，母亲在电话里泣不成声，说父亲心脏病犯了，有性命之忧，让我快些回去。

从床上爬起来收拾行李，搭乘一个旅行社的大巴赶往成都，然后转飞机赶往北京，直接去了父亲住的医院。我从来没有那么心焦过，也从来没有像那样感到生命的脆弱和无能为力。

看到父亲已经是两天后的晚上，父亲已经转危为安。我松了口气，在医院里停留片刻，然后赶回我的小窝。忽然想起走的时候，仓促中竟然没有和阿姆告别，心中不由生出几分遗憾。

我承认阿姆让我有些心动，我有些喜欢她，但我也明白，和阿姆的相遇，只是旅途中的一个小插曲。

我和她根本是两个世界里的人，根本不存在相交的交点。她只是丹巴小城里一个没有念过多少书的年轻漂亮的女孩，单纯、快乐、简单、透明。而我不同，受过正规的教育，生活在都市里，身上有所有都市人都有的缺点和毛病，不相信人，工于心计。

我像一只受了伤的小鸟，躲到了丹巴小城疗伤，遇到了阿姆，阿姆虽然美丽多情，却不是我的港湾。

然后，我做梦也没有想到，阿姆会来北京。三个月后的一个清晨，早晨起床后我准备到公园去跑步，竟然在楼下的花坛边看到阿姆，我以为认错了人，不住地看她，她笑了，说，不认识我了？我是阿姆啊！

猛然看到她，竟然有些不真实，我揉了一下眼睛，她不像是刚刚经历长途跋涉的样子，因为身上没有半点儿旅行的倦怠和尘土，衣服干净朴实，她还像从前那么美丽活泼。我有些结巴地问她，你是怎么找到我的？

她笑了，露出一口贝壳般整齐的牙齿说，我在格桑花旅馆的登记簿上找到你的地址，然后拿着那个地址向好多人打听。看着她开心的样子，我真的不忍心说她什么，难为一个从来没有出过远门的女孩，竟有如此的勇气。

我若有所悟地点头，问她住在哪里，她笑，说，不请我进去喝杯茶吗？我给你带来你喜欢的红茶。住的地方你不用为我操心，我在北京找到了工作，有住的地方。

原来阿姆发现我不辞而别之后，很着急，正巧她弟弟要来北京读大学，她就跟着她弟弟一起来了，在一家小饭馆里找到了一份端盘子的工作，安排好住处，一边工作，一边找我。

带阿姆去吃西餐，阿姆高兴得像个孩子，侍应生依次上了鱼子酱、法式葱头汤、牛排、沙拉、水果等，阿姆睁大眼睛问我，平时你就吃这些吗？我笑着摇了摇头。

阿姆笨拙得把叉子碰掉在地上，侍应生给她换了新的，她笑，说，吃这么麻烦的饭还是第一次。

那天，和阿姆久别重逢，有说不完的话儿，而且有美食相伴，所以我很高兴。谁知饭没吃完，碰到一个朋友，他过来跟我打招呼，看到阿姆，贴着我的耳朵说，在哪弄到这么个宝贝？漂亮倒是蛮漂亮的，就是土了点儿。然后提高声音问我，是你女朋友？

我窘得脸都红了，阿姆是从小地方来的女孩，怎么能跟那些见多识广的、生活在都市里的时尚女郎相比？我没有否认，但也没有肯定，打着哈哈说，这位阿姆姑娘是我的救命恩人呢！

朋友走后，阿姆问我，为什么不告诉他我是你的女朋友？我说时机还没有成熟。阿姆生气地说，如果你嫌弃我，我以后就再也不找你。说着转身跑出餐厅。

三

给阿姆打电话，阿姆不肯接，我坐地铁，换乘了两趟，找到阿姆工作的小饭店，要了一碗面条，名正言顺地坐在那里看阿姆干活，阿姆瘦了很多，原来圆圆的苹果脸，现在变成了尖尖的鹅蛋脸。她冷着脸也不笑，拿茶壶过来给我倒茶，茶水一直倒到我的手上，我疼得叫出声来，她吓了一跳，抬头看我，说，我不是故意的。我说，是我不好，是我把手放错了地方，不小心把手放到了你的茶壶底下，抱歉。

阿姆忍不住"扑哧"一声笑出来，我和阿姆终于冰释前嫌。阿姆是一个聪明的女孩，不管什么事儿，一教就会。她下了班，会去我那里看书，看得很专注，有时竟忘记吃饭。我也会教她一些生活习惯和时尚女子的品位，她常常只是静静地听，只听不问。

我和阿姆一直相处得很好。大多数时候她都穿牛仔裤，有时候也会穿碎花的棉布裙子，她渐渐沾染了都市女孩的生活习惯。穿衣要买"布衣江南"之类的品牌，饮食讲究清淡的口味，花钱亦不再像刚来的时候那样，吃西餐，花多了钱，她使劲攥住那几张钞票不愿意付给人家。

她离我理想中的样子越来越远，越来越模糊。

有一天，我去杂志社送图片，去地铁站等车的时候，竟然看见阿姆，她走在人群之中，是那么出众。认识阿姆这么久，第一次看到她穿成这样。她打扮得这么漂亮却不是为了我，她的身边有一个中年男人，举止从容，衣饰讲究，有些微的发福。我是认得这个男人的，他说一口山东话，是阿姆工作的那家小饭馆的老板。

地铁站人来人往，阿姆没有发现我，那个男人附在阿姆的耳边，不知说了几句什么话，阿姆笑得像一朵风中摇曳的格桑花。

在阿姆工作的小饭馆里，等了将近两个小时，阿姆才姗姗来迟，脸上带着浅浅的酡红。我不动声色地问她去哪了。她支支吾吾地说，最近老是头疼，去医院了。

从阿姆那儿出来，我忽然觉得很难受。我以为阿姆是个例外，原来阿姆和我以前那个相恋三年的女友一样，也是个贪恋红尘物欲的女孩。

一夜胡思乱想，并没有睡好，早晨起来，头疼欲裂。阿姆来找我，说是要请我吃饭，跟我庆祝一下。我问她什么事这么高兴。阿姆说，她把工作的那家小饭馆盘了下来。我问她花了多少钱，她伸出手指比画着，说二十万元。我看着她，一年前为二十块钱导游费还跟我讨价还价的女孩，一年后竟以二十万元盘下了一家小饭馆。我看着她，忍不住笑出来，讥讽道，阿姆你哪来那么多钱？该不是拿什么跟那个胖子交换来的吧？阿姆不相信似的看着我，问，你说什么？我阴阳怪气地说，你的好事，你自己庆祝吧！与我无关！我是说，你从此不要再来找我了，我们一直就是在两条道上走的人，干吗非要纠缠到一起啊？

阿姆使劲地咬着嘴唇，眼泪滚落下来，是那种不出声的饮泣，让人看了很难受。她一句话都没有解释，慢慢地退出去，轻轻地把门给我带好。

我跑到窗前，看着阿姆的背影发呆，我一直以为只有都市人，经过红尘的浸染，才会工于心计，敢于面对面地欺骗和说谎，没有想到，我竟被看似单纯的阿姆玩于股掌之间。我觉得心中坍塌的不仅仅是爱情，还有心底最美好的东西。

那天之后，我再也没有去找阿姆。

四

一天傍晚，在街上偶然遇到阿姆从前工作的那家小饭馆的老板，他发了疯似的满世界寻找阿姆，说阿姆盘了他的店，分五年还清二十万元，现在居然连个人影都找不到了。

我呆住了，原来是我错怪了阿姆。我以为，阿姆除了大把的青春、美丽的容颜，根本没有能力盘下那样一家店，我是真正的小人之心。

看着小饭馆的老板心急的样子，我忽然想起阿姆的弟弟在北京念大学，我们一起去找他。那是一个和阿姆一样，有着一双明亮的眼睛的年轻人，他说姐姐前两天来找他，说她工作那家店，老板要回家处理什么棘手的事情，饭店要盘出去。弟弟鼓励她，咱们要在北京立住脚，就把那家店盘下来吧。分期付款还是我出的主意。谁知没几天，姐姐又来找我，说她不想做了，回老家去了。

知道了事情的真相，我无法不责怪自己，我有着都市人所有的缺点和毛病，不轻易相信人，爱猜忌，爱胡思乱想。

回到家里，坐在沙发上发呆，想到阿姆，我连夜买了机票，飞到成都，转道丹巴。

在墨尔多神庙见到阿姆，阿姆的长发盘起来，衣饰古典华美，双手合十，虔诚地行礼。我在阿姆的身边说，跟我回北京去吧，我们重新开始好吗？

阿姆慢慢转过头说，小东，还记得去年我们一起来神庙，你问我许了什么愿,我说是希望弟弟能考上大学,我没有骗你,但是同时我也许下了另外一个愿望,那就是,能和你在一起。你回去吧,我已经与附近寨子的一个青年订了婚,我不会再离开这里。

我心中绞痛,却无法说服阿姆的固执,只是转身的刹那,我看见阿姆的眼睛里涌动的泪,闪着晶莹的光。不知道她是不是真的订了婚,但她却是下了决心不跟我回去了。

我一路走,一路掐大把的格桑花,准备带回北京,只是这些娇艳的花能明媚几时?格桑花,我的幸福之花,被我的一颗多疑的世俗之心、被我用都市人惯用的思维方式推测,结果错上加错,与格桑花失之交臂。

爱情馅饺子

初次交锋

自从开了这家饺子馆，我就和隔壁开馄饨店的“眼镜”结下了仇，很长一段时间，我都在长吁短叹，既生瑜，何生亮？既然有了一门之隔眼镜开的馄饨店，我为什么又在她旁边开了饺子馆？这不是成心跟自己过不去吗？

这个臭丫头处处跟我作对，开业的第一天，就从我的手里把客人抢走了，把我的鼻子都快气歪了。

本以为开了饺子馆，自此可以大展宏图，谁知道出乎我的意料，门前冷落车马稀，根本没有什么客人在小店门前驻足，更甭提吃饺子了。看到街上过往的行人，我把脸蛋都笑得生疼，也没人理我这茬。

傍晚时分，好不容易来了一个客人在门前张望，我赶紧迎出去，热情万分地说，吃饺子里边请。

客人是位老人家，被我的热情吓得连连后退，揉了揉昏花的眼睛说，我不吃饺子，我要吃馄饨，对不起，走错门了。

我泄气，隔壁应声跑过来一个戴眼镜的女孩，甜甜地说，大爷，记住了，馄饨馆在饺子馆的隔壁，下次别走错了，说着挑衅似的把客人从我的眼皮子底下搀扶走了。

我心中气郁难平，这个臭丫头，抢客都抢到我的眼皮子底下了。

每天只见客人来来往往从门前去隔壁，却不见有人停下脚来进我的小店吃饺子，心中着急也没用，人家的馄饨店开了两三年了，来的都是回头客，而我的小店却刚起步，只能日日守株待兔。

忽一日灵感突至，到隔壁的馄饨店侦察一下，看看她的生意为什么会这么好呢？中午时分，混在一堆客人里去隔壁吃馄饨，看看诀窍在哪里。

要了一碗馄饨，坐在一张小桌前等着，很快看见上次那个眼镜女孩端着一碗热气腾腾的馄饨走过来，快到我近前的时候，她突然被什么东西绊了一下，我伸手去接，一碗热馄饨毫不留情地扣在了我的手上，我的手顿时起了两个亮晶晶的大水泡，疼得我龇牙咧嘴，怒道，你没长眼啊，把你们老板叫出来。

眼镜可怜兮兮地对我说，老板来了准会解雇我，我们私了好吗？我看着她的样子有点儿忍俊不禁，戴着八百度的镜子也跑出来当服务员，还不回学校念书去。

眼镜面有为难之色。其实我也并不想真的找他们老板，毕竟我也不是什么光明正大的客人，是来偷偷学艺的，被人家抓到了还了得，被烫了手，只能把苦咽到肚子里，擎着手里的战利品，两个明晃晃的大水泡，灰溜溜地逃回自己的店里。

后来得知，眼镜便是馄饨店的小老板，我气得差点儿没吐血，出师不利，第一招便中了眼镜的计。

一波未平，一波又起，紧接着眼镜又有了新动作，这死丫头看来不把我逼进绝境，是不会罢休的。她自己亲自上阵，和一个女孩在门口迎客，脸上的笑容，甜得有八个加号。我摇摇头苦笑，亏她们想得出来，馄饨店里全是女生，她们有天时地利之合；而我们店里是清一色的男生，总不能让和尚们也扬起葵花般的笑脸，站在门口迎客吧？那像什么话吗？小厨师说我有点儿大男子主义的倾向，我叹气，有就有吧，反正打死我也不去门口迎客。

冤家对头

坐镇饺子店，想起昨天，我不禁笑了起来，昨天早晨从眼镜的店门口经过，隔着两三米的距离，眼镜就扬起笑脸对我说，吃饭里边请，又干净又便宜。等走近了看到是我，便扫兴道，大清早的，又过来搞什么小动作啊？我失笑，我上班从你店门口经过，不可以吗？难道还要留下买路钱？眼镜笑道，那倒不必了，就算你真心给我，我还不敢要呢。说着在镜片后面冲我挤了挤眼睛，又可气又调皮。

有一天，去对面的菜市场买点儿菜，意外看见眼镜站在那儿发传单，花花绿绿的。在那儿看了一会儿，也不知道她在玩什么新花样，左右看了一圈，看到一个小男孩，我招手让他过来，对他说，去跟那个姐姐要一张过来给我，看看上面写的什么。男孩奇怪地看了我一眼，并没有动地儿，我说回来我请你吃雪糕，他还价道，冰激凌。我怒道，掉钱眼里了？我的饺子馆开了半年多，还不知挣没挣到一根冰激凌的钱，还是我自己亲自去侦察吧！

躲在墙角，伸长了脖子，看眼镜搞什么小动作，瞅了半天也没瞅明白，只怪距离太远。蹑手蹑脚地埋伏到眼镜的身后，谁知这家伙一转身撞到了我的怀里，鼻子上的眼镜掉在地上摔坏了，这个臭丫头离了眼镜像个睁眼瞎，我趁机瞅了瞅她手里的东西，原来是一堆花花绿绿的小广告。

这回闯了祸，趁着眼镜看不清我是谁，赶紧溜之乎也，走到半路，又有些不忍心，折回去看见眼镜站在路边发呆。假装偶然遇到的样子，过去问她要不要帮忙，她恶狠狠地说，刚被一个坏小子撞坏了我的眼镜，下次再遇到他，我饶不了他。我扭过头吐了一下舌头，赶紧蹲在地上帮她找眼镜。

回到店里，一整天我的心情都不好，看到眼镜她们那儿客人一天比一天多，而我们店依旧是门可罗雀，不禁唉声叹气，长此以往，我的理想，我的大业将要泡汤了，还想干一番事业，只怕拉下饥荒不说，还会结下眼镜这个仇家。

苦思冥想，想不出好办法，最后只能苦着脸，打降价的主意。

小厨师见我愁眉不展的，拍了胸脯说他有办法，没过几天，果然我们这边的客人日渐多了起来，我不由得对小厨师刮目相看。谁知好景不长，刚刚一个星期，眼镜便找上门来，原来小厨师跟那边的一个小服务员混熟了，每天溜过去，偷偷地往人家的馄饨锅里扔一把盐，把客人都咸跑了，再甜的小声音也没人敢来。

眼镜心生疑惑，终于在小厨师作案的第七天，被眼镜亲手抓住，眼镜一口咬定我是主谋，要我给她一个说法，否则就派出所见。

我恶狠狠地瞪了小厨师一眼，这哪里是帮忙啊，简直是要害死我。转头对着眼镜作出甜蜜的笑，想我长这么大，从来没这么笑过，笑得像一朵向阳花。对眼镜作出委屈的样子说，我真的不知道这件事儿，你老人家大人大量，看在他年轻不懂事儿的份儿上，饶他一次吧！我们愿意听候你的处理。不过吗，你老人家可要手下留情。

眼睛忍不住“哈”的一声笑出来，随即一本正经道，叫我一声姐姐就可以了，老人家我就不敢当了。我这人心软，听不得别人的软话，只要你每天早晨去早市帮我们店买五十斤蔬菜，二十斤肉，我们就一笔勾销，不许找人帮忙，钱当然我们出。

这个节骨眼上，我只能先答应她，稳住她再慢慢想脱身之计。我心说，这个臭丫头，还说自己心软，竟让我一个堂堂的小老板给她当苦力。

一边给眼镜当牛做马，一边打降价的主意，质优价廉，服务上乘，人气居然一点、一点旺了起来。心中高兴却不敢露出来，夹着尾巴老老实实做人，勤勤恳恳地做事，怕眼镜嫉恨我。

两周之后，眼镜光顾我的小店，一进门就喊，饺子呢？饺子呢？我哑然失笑，她竟叫我饺子。

她来了准没好事，打定主意，便等着她开口。果然，她的口气软了许多，笑道，我们的合约结束了，好歹你也是老板，以后不用再去帮我买菜了。眼镜羞答答地说，你干吗非要搞价格战，弄不好我们会两败俱伤的。我跟她装糊涂，这个价格尚在我的承受范围之内，你们如果撑不住就别硬撑着。她柳眉倒竖，一句话不合，便露出了孙二娘的本性，说道，你这样的价格让我们怎么活？我这人一向吃软不吃硬，所以强硬道，你怎么活是你的事儿，我怎么活是我的事儿，我们还是井水不犯河水的好。眼镜气鼓鼓地走了，望着她的背影，我的心中竟泛起了一丝丝的悔意。

眼镜的举动在我的意料之中，只是没有想到来得这么快。她迅速把她的馄饨价格作了调整，竟然比我还低，客人是拉过去了一些，但在我想来，一定在她的成本核算之外，撑不了多久的。果然，我再也看不到眼镜明媚的笑脸，她天天低着头，心事重重地从我的窗外经过，再也看不到刚来时那个活泼灵动的眼镜了。

化敌为友

为了探个究竟，我决定二去馄饨店。第一次去被眼镜用馄饨烫得手上起了两个水泡，这一次深入敌后，这个狠毒的女人还不知道会怎么对付我呢，想想便有了怯意。

进了眼镜的店，就看到她无精打采地坐在一张餐桌的旁边，看到我不冷不热地说，看我的笑话来了？对不住，让你失望了，你看我这里客人很多，生意很好啊。我尽量用诚恳的语气说，客人越多，你就赔得越多，我是想和你商量商量价格的问题。眼镜干脆地说，别在这里猫哭老鼠假慈悲。我忍不住一下子笑出来，这样说来你是老鼠了？眼镜别过头去忍住笑，去去去，你才是呢。说着把我轰了出来。

二去馄饨店的待遇比第一次好多了，心中不由得窃喜。

没过多久，渐渐地发现，眼镜的身影竟一连几天都不曾在我的窗外出现过，不知道为什么，我的心中竟然被一种深深的失落紧紧地攫住了，像丢了东西一般让我牵挂。

忍不住又去隔壁打探，三去馄饨店，单纯地只是为了知道眼镜的消息而已，不禁有些心慌意乱，手心潮湿。可是却并没有见到眼镜，她伙计告诉我说，眼镜生病住院了。我忙问是什么病，女服务员恶狠狠地说，还不是被你气的！内忧外患，急火攻心所致。

忽然间觉得赢了她也没什么意思。少了眼镜这个对手，日子过得还真没有什么滋味。心里盘算着去医院看看她,可是又觉得无法面对,一直犹豫不决。

走在去医院的路上,心里一直想着,如果她把我买的花和水果扔出来,我将如何面对呢,一头撞墙,当然是不可能的,可是我这么大的人了,还要看她的脸色?但要不去,心中好像又有事没做完似的,真真是两头为难。

去了医院,向护士打听了她住的病房,在走廊里徘徊了许久,终于壮着胆子进去了。眼镜看到我,颇感意外。破例温声软语地对我说,你怎么来了?我调侃道,少了你这个对手,像少了什么东西似的。眼镜红了脸。我第一次细细地打量她,少了不羁,多了妩媚,细细的眉眼,红润的嘴唇,竟也有几分动人之处。眼镜说,我要是相信你的话便是弱智,挤走了我,你如愿以偿了吧?我说,你就这么看我,纯粹是小人之心。我这次来看你,是有个计划想和你说说,我想把你的馄饨店和我的饺子店打通了,合并到一起,然后扩大经营,增加品种,才具备市场竞争力。眼镜笑道,我就知道你没安什么好心,原来是琢磨着要吞并我,我这个店也做了好几年了,多少也有些感情,如果说关门了,我还真有些舍不得。说到后来,眼镜红了眼圈。我一着急,抓住了眼镜的手说,我不是要吞并你,我只是想我们联合起来。

眼镜红着脸把手抽出来,我才惊觉失态。

去医院接眼镜出院那天,买了一大束玫瑰送给她,她笑得眼睛都眯到一起了,坐在我的单车后面嚷道,买花干吗?那么贵,我还没吃过你包的饺子呢,不如去你那儿,你包饺子给我吃吧!我说好啊,要什么馅的?眼镜想了想说,要爱情馅的。我听了,差点儿幸福地晕倒,想不到开饺子馆没有多少赢利,竟然意外赢得了一个女孩的芳心。

冰天雪地，爱情38℃

一

一个人仓皇地去了亚布力滑雪场，到达时天已经黑了，根本来不及看四周的景色，钻进提前预订的木屋，洗漱之后，躺在床上却怎么也睡不着，旅途非常疲累，但还有比疲惫更让我无法忍受的事儿。

我又一次没出息地想起了江唯，两天前，我在那棵有名的情人树下，看到了江唯，他怀中拥着一个长发女子，明眸皓齿，淡雅精致，非常好看。我忽然觉得这个女子很熟悉，似乎是在哪里见过，想了半天，才明白，这个年轻的女子长得跟我很像。

我苦笑。江唯对女人的品位仍旧没变，喜欢同一个类型的女孩，怪不得这两天给他打电话，他总是说公司的事情忙，没有时间跟我约会，没有时间陪我去亚布力，原来是真的很忙。

这很像两张底色不同的照片，前不久江唯也曾这样拥着我，在这棵开满黄色小花的树下，在纷纷扬扬洒落的花瓣中拥吻。

我路过江唯的身边时，我看着他笑，其实我心中发冷，冷得像那棵背景的树，树上已经没有一片叶子，冬天就这样渐渐地深了。

江唯局促不安地看着我，我以为他会跟我走，可是他没有，他只是看了我一眼。我觉得脸上的笑容被冰冷冻得凝固了，这样的鬼天气，滴水成冰，可是我的泪却是热的。

江唯欠我一个解释。

整整过去了十八个小时，他并没有来找我，甚至连电话都没有打过一个，我安慰自己，没有什么都不可以，但没有男人却一样可以活下去。差十五分钟八点的时候，我开始收拾东西，手机、钥匙、钱包、打火机什么的，还有一串紫水晶的手链。有好几次，我把那串紫水晶装进包里，又拿出来放在写字台上，犹豫的结果，终于不舍丢掉，因为这是江唯买给我的，虽不值什么钱，但他说能给我带来好运。

我决定一个人去亚布力滑雪场，尽管我笨得像一只企鹅，根本不会滑雪，可是能在这冰天雪地的世界里，给我不算完美的爱情画上一个句号也好。尽管我输得莫名其妙，尽管我输得多少有些不甘心，但输了就是输了，洒脱地放手，总好过死缠烂打，起码我赢了自尊。

二

第二天早晨起床后，出了木屋我才看清楚，周围的景色真美。天啊，我简直怀疑自己是在童话中的白雪世界，我仰望着那些座座相连的山峰，皑皑的白雪，山脚下的木屋，风车造型的别墅，如果江唯也在，该有多好，我黯淡地想。

吃过早饭，我就去山脚下的滑雪学校学习滑雪的基本功。运动方面我真的很笨，难怪江唯总是叫我小笨笨，在一个城市里住了二十几年，出门还会迷路，江唯教我游泳，半个月竟连“狗刨”也没有学会，气得江唯连喝两瓶啤酒，悲愤地嚷嚷：“你这样的笨学生不收也罢。”我嬉皮笑脸地纠缠他：“现在说不收已经晚了。”

滑雪教练是个年轻帅气的小伙子，听说在全国的什么比赛中还获得过名次，我站在和我一样不会滑雪的人群中，看着教练标准帅气的示范动作，滑雪服、雪橇、雪杖全副武装的我，心中想着，一定要学会滑雪，让江唯看看，我不是小笨笨。

豪气万丈，但看到前边的人摔倒了，爬起来，又摔倒了，狗熊一样笨拙地抱着脑袋往防撞网上撞，想笑，笑不出，心中多了几分悲壮。轮到我，早已手脚发软，任教练磨破嘴皮子，怎么启发我，我也不敢往下滑，教练的耐心被我无情地磨掉大半，最后教练狠了狠心，把我推出去，我尖叫着闭上眼睛，心中却想，如果就此壮烈了，岂不是再也见不到江唯了？这样一想，我赶紧睁开眼睛，原来我只是摔了一跤，可是却怎么也爬不起来，周围那些人没心没肺地笑成一团，而我坐在雪地上都要哭出来了，想找个东西扶着起来，怎奈却什么也没有，情急之中，不知是谁伸过来一只手，我拽着那只手，借力而起，刚要说声谢谢，却看见那人穿着白色的羽绒服，戴着太阳镜，对着我笑。我忽然觉得这笑容这么熟悉，错愕地看着他，他慢慢地摘掉太阳镜，天啊，是江唯，我倒吸了一口气。

我甩掉他的手，赌气往回走，江唯在身后喊：“若琳，你听我解释。”我冷笑着打断他，“我都亲眼看到了，还有什么好解释的？怀有余香，一转眼就不认账了吗？我都替那个女孩伤心，替自己不值。”江唯忍不住笑出来，他说：“若琳，你吃醋的样子真让人心动，不过不是你想象的那个样子。”“我不听，我不听。”我任性地用双手堵住双耳，谁知用力过猛，一转身又摔倒了。

三

江唯每天跟着我，但我却并不给他解释的机会。为了甩掉这个尾巴，我一早晨起来，没有吃早饭，就去了滑雪学校，年轻帅气的教练也在，他问我：“你怎么这么早？”我打着哈哈说：“我想早点儿毕业，然后下6号道。”

他看了我一眼，眼睛眯成一条缝，半天才说：“看不出你还挺有志气，不过我提醒你，别轻易下6号道，以你目前的技术和心理素质，只适合下初学者的雪道。”

“我知道，6号道是亚布力最有挑战性的雪道，位于锅盔山主峰，峰高谷险，弯急道险。不过我听说，不下6号道就等于没来过亚布力。”

教练笑了，说：“总有一天，我会在6号道上看到你矫健的身影。”说着，他伸出一只大手与我击掌为誓。我说一言为定。

江唯跑过来，不由分说，抓起我的手就走，我甩不掉他的手，只能问他什么事儿？他说：“若琳，别玩了，跟我一起回去吧！公司打来电话，一堆的事情等着我回去处理。”他就是这样，永远是公事第一，做了他三年的女朋友，从来没有把我放在首位，想想都让人泄气，可是我还是爱他，没办法不爱他。

我冷笑，赌气说：“又不是我让你来的，是你自己跑来的，与我何干？我不会跟你回去的，当然，你的来去也不必问我。”江唯看着我，他的眼神中有一丝忧伤，他说：“你心中的结没有解开，我不放心。

事情不像你想的那样，那个女孩只是我的同事……”

我说：“你放心，我不会为了谁去要死要活，再说了，同事才好啊，那才叫近水楼台。”

江唯气得说不出话来，拂袖而去。

我的眼泪一下子流出来，我的本意不是这样的，可是说出来的话除了伤人之外，也伤到自己。我看着江唯渐渐远去的背影，我的心一下子空了，我想告诉他，我想跟他回去，可是却什么也没有说出来，孤零零地站在雪地上看着他的背影发呆。

四

我赌气，乘一部缆车驶向山顶，越往山顶走，天气越加寒冷，可是我的心却比这天气更冷，我的脑子里，我的心里全都是江唯的影子，从和他相识、相恋、吵架，像电影一样，一幕幕在脑海中闪现，记忆犹新。

我决定今天下滑道。

不记得是第几次从山顶往下滑了，尽管磕磕绊绊，尽管摔倒了N次，但我觉得很痛快，这种极致的运动，飞翔的感觉，让我很快乐。

有一次下滑的途中，我看到一只小鹿从旁边的树林里蹦蹦跳跳地蹿出来，如入无人之境，我一下子被它吸引住，童心大起，一路追逐小鹿而去。可是转过几个坡，小鹿不知所终，天却渐渐阴沉起来，雪花飞舞，迷了人眼，也看不清来路。

我悲哀地发现，我迷路了，我找不到回滑雪场的路，心中瞬间被惊慌弥住。我掏出手机，本能地打了江唯的手机，我第一次知道，江唯在我心中竟是这么的重要，我从来都没有忘记他，相反他一直深深地扎根在我的心里，情急之下，我第一个想到的人就是他。

手机终于通了，听到江唯的声音，我激动得有些发抖，不知从何说起，我尽量把声音放得平缓问他：“你走到哪儿了？”江唯说：“若琳，我已在回程的途中了，你后悔了吗？到站后我可以等你，然后我们一起返回。”

沉默了半天，我才说：“不用等我了，我在山上迷路了。”

一向沉稳的江唯一下子急了起来，他说：“若琳，保持冷静，半个小时跟我联系一次，待在原地别动，我马上回去救你。”

情急之中的江唯仍然是有条不紊，放下电话，我找了一棵大树，坐在树根底下，这皑皑的白雪世界，难道是我人生的最后归宿？我的爱情还没有开花，还没有结果，我的人生才刚刚开始，我不想就这样死去。

天气越来越冷，我的手脚开始发麻。江唯打电话来说：“若琳，要坚持住，为了我。其实我和那个女孩什么都没有，那天碰巧她犯了低血糖，所以晕倒在我的怀里，我不能见死不救啊，我把她送到医院，所以没来得及跟你解释。”

我咬住嘴唇，跟江唯说对不起，江唯说：“别傻了，如果你真的不介意我怀里抱着别的女孩，说不定我会找你拼命。”我对着手机笑了，尽管江唯看不到。

五

半个小时后，江唯又打电话过来，他说："若琳你在听吗？有一件事儿我一直都想告诉你，从第一次在街上看到你的时候起，你惊慌无助的眼神，你的茫然若失，都曾深深地打动过我，那时候我就想，我要一辈子保护你，陪着你，让你不再迷路。我爱你！"

我哽咽得半天说不出话来，眼泪不能自抑地流下来。

江唯一向吝啬说这句话，认识他三年了，他从没有对我说过这句话，我曾为此纠缠过他，不依不饶地威逼利诱，他都不为所动，他说"我爱你"三个字是人世间最美好的一句话，哪能随便地批发兼零售。

江唯不断地打电话过来，我知道他只是想让我保持清醒的意识，所以他不断地和我说话。

一只麻雀落在我身边的雪地上，悠闲地走来走去，我看着看着就笑了，如果我是那只麻雀就好了，就不会这样怕冷了。

我的手脚开始不听使唤，身上已经不像刚才那么冷了，我心中明白，再在这棵树下坐下去，早晚会变成一个雪人。我的意识开始不清晰起来，开始出现幻觉。我仿佛看到第一次在街上和江唯相遇的情景。那一次，我在街上迷路了，惶恐得如同一只受惊的小鹿，然后遇到了江唯，江唯说，我是一棵树，长在你必经的路旁，就是为了送你回家的，那时我就爱上了他。

手机又响起来，铃声一直持续不断，我知道是江唯，江唯说："若琳，起来活动一下，不然血液会凝固的。"我呜咽着，半天对着手机说："江唯，我爱你！"可是等我放下手机，我忽然发现手机早已没有信号了，不知道江唯有没有听到这句话。

原来手机没电了，我和江唯完全断了联系。

我扶着树慢慢站起来，树枝挂断了我手臂上的紫水晶手链，一颗一颗，散落了一地，多么像我的眼泪，我心中懊悔得无法形容，这串手链可是江唯送给我的，我怎么这么不小心呢？我发疯般地在雪地上找那些珠子，可是我找不到，我急得哭了起来。

我脚步踉跄，站立不稳，艰难地往前挪，一步一步，可是回头我就找不到刚才的那棵树了，我懊丧地想，难道我真的再也见不到江唯了吗？我要告诉江唯，我爱他。

六

醒来之后，我发现自己躺在医院里，浓重的消毒液的气味呛得人喘不上气来，江唯就坐在床边，握住我的手，见我醒来，他惊喜得几乎跳起来。我钻进他的怀里，哭得昏天暗地，我说："江唯，我差点儿再也见不到你了。"江唯笑着拍拍我的脸说："小笨笨，没那么严重，只是轻度冻伤，养两天就好了。"

我看着他，一直看着他，我要把他印在心底，没有这次意外，我怎么会知道他在我心中的位置是如此的重要，又怎么会知道他是如此爱我。

江唯说："傻丫头，看什么？又在琢磨什么坏点子？"我不好意思地笑了，说："我在想，你是怎么找到我的？"江唯说："我在你说的那棵树下没有看到你，却意外地发现了两颗紫水晶，紫水晶在雪地上很耀眼，也成了唯一的线索，我说过紫水晶会带给你好运的，果然不假，最后终于找到了你。然后我费了很大劲把你背下山，又把你送进医院，然后你就躺在这里了。”

江唯一本正经地说：“若琳，你说吧，怎么报答我？”

我从没有见过江唯如此赖皮，做了好事还要报答，我想了想说：“只要若琳能够做到的，都会答应你的。”

江唯说：“你答应了可不许反悔啊，如果现在想反悔还来得及。”我点点头，伸出小手指和江唯拉钩，江唯的眼睛里闪着狡黠的光，孩子气地笑了。他说：“若琳，嫁给我吧！”

我颇感意外，我一直以为我们的爱情进入休眠期，又或者冰冻期，可是在这冰天雪地的世界里，因为发生意外，竟成了爱情的助燃剂，我不会再轻易地说放弃。我幸福地点了点头，但马上就明白，又上了江唯的当，我冲他嚷嚷：“不行，没有玫瑰花，我不能答应你。”

江唯像变戏法似的，从身后掏出一串紫水晶手链，递到我的面前。他说：“希望从我们开始，以后男人求婚都用紫水晶。”

爱如蝴蝶飞啊飞

一

我喜欢坐火车。长长的旅途，总有一些渴盼和期待，那种被拉长了的焦灼恰恰是心底的一丝柔软。

两根永远平行的钢轨，泛着冰冷清寂的光，没有尽头地伸向远方，永远不会相交，就像我和林瑞的感情。想到林瑞，我的心中总会有一些灰暗的东西滋生，像一堆烟尘里的火星，不舍丢弃，却又不能温暖我的心。

车窗外的风景纷纷向后闪去，离那个有着美丽的太阳岛的城市越来越近，我的心中像有一只蝴蝶在飞，折腾得我兴奋又茫然。很多人开始收拾东西，为下车做着准备，我死死地盯着入站口的地方，一只闪着蓝色荧光的小灯，一眨一眨的，多像一只眼睛。

天黑了。我在这黑色的夜里赶到冰城，只为看一眼林瑞，说起来好笑，我从来没有见过这个名叫林瑞的男人，但是却像一只扑火的飞蛾，来得义无反顾。

风呼呼地从耳边掠过，吹乱了我的短发，很多人步履匆忙地从我身边经过，没有人留意我的踟蹰与不安，我裹挟在人流中，身不由己地朝着出站口的方向走去。有三个男人在出站口的地方，差不多的身材，差不多的穿戴，看见有短头发的年轻女孩经过，便礼貌地询问，您是紫烟？

我知道他们是在找我，我站在暗处，细细地打量了他们半天，他们的举止，他们的言语，不像是坏人，得出这个结论，我不由得失笑，坏人的脸上又没有写字，何以区分呢？

我硬着头皮走过去说，我是紫烟。

他们热情得有些夸张，说终于找到您了，真好。我有些不习惯他们的热情。他们三个人开了两辆车来接我，一辆黑色沃尔沃，一辆沙漠风暴。我钻进沙漠风暴，两辆车风驰电掣般地奔向医院的方向。

二

暮色中，车子赶到了医院，我在医院里见到了这个叫林瑞的男人，陌生而又熟悉，说陌生是因为我是第一次见到他，千真万确。说熟悉，确切地说，我只是熟悉他的声音，他那低沉浑厚的声音，标准的普通话，泛着丝丝缕缕的柔情，曾无数次在我的耳边响起。每一个晚上，我想念他，便从他的声音开始，他的声音是静夜开出的花朵，对我充满了诱惑，曾经以为，他的声音便是我今生的幸福。

林瑞没有像我想象的那样，萧索、萎靡，也没有像他自己说的那样，是个老头子，不过三十岁的男人，就敢言老，真是大言不惭。相反，他的精神很好，脸色红润，身上套着病号服，坐在窗前的椅子上，大约等我等得太久了，在暮色中坐成了一尊雕像。

我奔过去，慢慢地挽起他的裤子。他握住我的手，脸上是那种能够容忍一切的笑，他说大夫不会同意你这样做的。我固执地说，我不管。

这个男人，让我想念得很辛苦的男人，现在就这样活生生地在我面前，我觉得幸福来得太快，竟有些不真实。我终于看清楚了，他的左腿，从膝盖以下缠满了白花花的绷带，刺得我的眼睛生疼，眼泪浸湿了我的睫毛，涂了睫毛膏的眼睛，因为眼泪而变成模糊一片，幸好是晚上，看不大真切。

林瑞抚摸着我的短发说，别哭，紫烟，你看我这不是好好的吗？我抬起头，泪眼迷蒙地说，你为什么那么不小心呢？打球而已，又不是上战场，怎么会弄成这样？

他说没关系，我不疼。

可是我痛。

我是一个任性的女孩，长到二十岁，几乎没有为什么事儿、什么人痛过，包括那些短命的恋爱夭折了。

他的眼睛里有一丝慌乱，只是瞬间一闪而过，然后他说，紫烟，不值得的，为我。你看你这么年轻，这么漂亮，何必为我这样一个老头子而痛？

我知道他是在挣扎，爬不上岸，我要帮助他。我也知道我年轻，年轻到没有任何的底色和背景，白色的粗线毛衣，牛仔裙，高筒靴子，肩上斜挎着一只有长长肩带的布包，布包里永远塞着随身听，耳机一只插在耳朵里，另一只荡来荡去。

我笑了，我说我喜欢你这个老头子，我捧起他的脸，在他的脸上轻轻地吻了一下。

三

两天以后，我离开了林瑞，我要赶回公司上班，不然会丢掉工作的。还是那三个男人去送我，他们说他们是林瑞的朋友，所以我便坦然地享用他们为我安排好的一切，送我去机场，为我买了一大包的零食和水果，为我买机票。

千里迢迢，我只为看林瑞一眼。

当初，一次失恋之后，百无聊赖地开了女友的MSN，然后遇到了林瑞，东南西北地胡说八道一番。

林瑞那晚的话很多，似乎心情也不好，像喝醉了酒似的，絮絮叨叨地说着一个叫罗恩的女人，蛇蝎美女罗恩是他公司的财务总监，趁他出差，乘机提走了八百万元，然后和他们公司的法律顾问一起潜逃了，无影无踪，剩下他一个老头子，什么都没了。

我没心没肺地笑了，你的故事编得不错，很精彩，可惜没有骗去我的眼泪。他说什么编故事？是真的，罗恩是我老婆。

我听了不语，良久才说，你真不幸，如果离得近，我一定请你去喝酒，不醉不归。他就笑了，说，就是，同是天涯沦落人，干一杯如何？我说当然好！

他有些孩子气地问我，女人是不是都是美丽的蝴蝶？亮晶晶的透明的羽翼，飞旋的翩跹舞姿，给人们一种错觉，让人们忘记了她们原本不过是一只丑陋的蛹，尽管幻形之后，有了质的飞跃，但是却不能恒久，爱情最终也不过是一场幻觉。

这个自称是老头子的男人，因为一个女人，确切地说，是他的老婆对他的伤害，对爱情产生了质疑。

我笑了，我说你该喝一杯酒或者一杯咖啡，你会发现生活真的很美好。

我和这个叫林瑞的老头子，成了极好的朋友，在MSN上，一天不见，便像丢了东西一般，寝食难安。终于有一天，我出差一个星期，他忍不住打了我的手机，从此以后我们再也没有上MSN。

四

那年春暖花开的季节，我辞掉了工作，开了一家酒吧，林瑞是不赞成的，可是，加不住我的执拗，开业的时候，他还是从冰城赶来，为我祝贺。我去机场接他，迫不及待地投进了他的怀抱。

长长的相拥之后，我才想起问他，你的腿好了吗？他说好了，说着，原地转了一圈，开玩笑说，我要谢谢这条腿，不然你怎么会跑去看我呢？

你别把我当成一只蝴蝶就好！

他的脸慢慢地暗淡下来，不说话。我不敢再和他乱开玩笑，只是不知道他的内伤何时能好。

酒吧只有晚上才有人气，白天根本没人，大白天进酒吧，会被人当成堕落、颓废一族的，所以没有人愿意冒这样的风险。林瑞没来的时候，我过着晨昏颠倒的日子，白天养精蓄锐，睡得天昏地暗，夜晚便清醒如一只狼犬，目光如炬地坐在酒吧里。

现在，我每天都陪林瑞在城市里疯跑，小城温润清馨的空气，使林瑞的心情很好，走在青石板的小路上，高跟鞋发出清脆悦耳的声响。小巷深几许，没有尽头似的，街边的树上开满了玉兰花，散发出清幽淡雅的香味，一朵花瓣飘落在我的头发上，林瑞轻轻地替我取下，我们依偎在巷口的米粉摊前，一起分享一碗炒米粉，香格里拉大餐犹有不及，看来吃东西，食物的好坏还在其次，心情才是最重要的。

乘公车的时候，我坐着，他却不坐，用手臂为我支撑起一个独立的空间，我看着他，心里想着，我要这样的生活，一生一世，没有钱、没有工作，怎样都可以，只要有他的爱，我们这样相守到终老，到长满皱纹，到白发飘飘。

五

相聚总是匆匆，然后便是长久的分离，分离成了想念的发酵粉和助燃剂，林瑞多次在电话中说过，再来冰城，我一定要留住你。我听了心中充满甜蜜的感觉。

三个月之后的某天夜里，我正在吧台里跟一个调酒师学习调制鸡尾酒，生活单调沉闷，没有半点儿的生气，如果我是一株植物，那么只有林瑞才有可能是我的阳光，可是那一束阳光真的太遥远了，在遥远的北方，照不进我的生活里。

年轻的调酒师骂我笨，说我对酒的感觉没有天分，白白糟蹋了好酒，其实他根本不知道，我的心不在酒上。林瑞恰巧打电话来，为我解了围。只是林瑞说上次那条受伤的左腿，不小心又一次扭伤了。我紧张地问，很严重吗？他说不严重，只是有点儿疼，问我去不去看他，如果我去看他，他就不疼了。

我说我又不是你的药，怎么会不疼，你还是乖乖地听医生的话，好好吃药。林瑞嘿嘿地笑，说，你就是我的药。我刚刚骂了一句肉麻，林瑞就说，我想你。我听了心立刻慌乱起来。

去冰城的那一天，天气很好，阳光明媚，万里无云，我没有坐火车，我变得不能忍受火车慢吞吞的速度。

下飞机时，我看到林瑞亲自到机场来接我，我以为眼睛花了，用湿巾擦了一下，真的是林瑞，这个家伙不在医院躺着，却跑到这里凑热闹。我疑惑地看着他，你的腿好了？林瑞的神情像个调皮的孩子，我的腿怎么了？好好的啊！有的人想我想疯了，竟然说我的腿又受伤了，借题发挥，跑来看我，来就来吧，我又没说什么。

我张口结舌说不出话了，伸出拳头，朝着林瑞的胸脯就捶了两下，这个赖皮的家伙。林瑞撒腿就跑，笑着小声嘟囔，不好了，谋杀亲夫了！

我气结，你坏蛋！

他还击，你野蛮！

六

林瑞把我骗了来，声言要把我留在冰城，带我去红梅餐厅吃西餐，我只点了一份牛排，他说你在减肥？我摇了摇头，说，给你省点儿钱啊，你的钱不是被人骗光了吗？他笑了，眼睛弯弯的，眯成一条缝看着我说，傻丫头。带我去俄罗斯风情一条街，很多小东西都让我爱不释手，我每天跟着他去玩，真的有点儿乐不思蜀。

有一天，我在酒店里刚刚起床，妈妈便打电话来，说爸爸病了，让我快点儿赶回去，我一下子慌了手脚，赶紧给林瑞打电话，可是到处都找不到林瑞，我急得出了一脑门的汗，下楼在酒店的前台订了机票，然后捏着一张林瑞很久以前写给我的地址，上街打的去他的公司，原来林瑞的公司很大，租用了一座大厦的整整一层作为写字间，他的秘书礼貌而又周到地回答了我的问题，说林总今天没来。

然后我去了他的家，一个女人为我开的门，女人有着姣好的面容，只是似乎过于苍白，像一株长在角落里的植物。

凭直觉，我知道她是谁。是林瑞在MSN上跟我说过无数次的罗恩，天啊，她不是跟人跑了吗？难道是林瑞在骗我？

罗恩眼神清澈纯净，温言软语，有问必答，对我很好，让人不忍心去伤害。她真的如林瑞所言，是个美女。她亲手为我冲了一杯雨前的龙井，茶香在我和她之间袅袅升起，我盯着那一缕香气，苍白无力地说，来看看你，明天就走。

林太太忽然攥住我的手，一直攥出深深的印痕，疼得我咬紧了嘴唇，唇上渐渐有了咸腥的味道，我想把手抽出来，可是一切挣扎都是徒劳的，我摆不脱那只纤瘦白皙的手，罗恩看着我笑，你别抢我的林瑞，你别抢我的林瑞……

反反复复都是这一句话，她的笑令我恐怖，令我绝望，眼泪瞬间迸出眼眶，那种绝望令我的心绞痛，我拼命地点头，只求她放手。

七

我脚步踉跄地往回跑，带着不多的行李，去机场。从认识林瑞，这条航班的线路，走得比去百货公司还顺脚。换过登机牌，突然觉得身后一个黑色的影子闪了一下，以为是自己眼花了，回身一看，天啊，罗恩站在我的身后，竟然穿着黑色的丝质睡衣，苍白没有血色的脸，一直看着我笑，她捉我的手，近乎梦呓般地自言自语，你别抢我的林瑞，你别抢我的林瑞……

我毛骨悚然地看着她，不知如何应对，怎么也挣不脱被她扼住的腕，有人渐渐围上来，我和她被围在中间，有一瞬间，我终于体会到梁朝伟在一个洗发水的广告中说过的一句话：你会找到做焦点的感觉。

是的，焦点，此刻我就处于这样的旋涡中，但却一点儿也不好受。

林瑞拨开人群，挤进来，额上出了细密的汗，我并没有感到意外，我知道他欠我一个解释。他一步步朝我走过来，我的心中响起如雨点一般激越的音乐，渐渐变得舒缓起来，这个男人，让我的心有所依傍。

他看了我一眼，然后看罗恩，眼神中充满了疼惜与温柔，伸出一只手臂，轻轻地把罗恩揽在怀里，轻轻地拍着她的背，安慰道，宝贝儿，我在这儿，别怕，没人跟你抢。罗恩立刻松开我的手，钻进林瑞的怀里，两只手轻轻地揽住他的腰，嘤嘤地哭起来。

我看了林瑞一眼，只觉得有泪在心中回流，这样的默契岂是一朝一夕建立起来的，他看罗恩的眼神，像一只虫子噬咬我的心。三个人之中我是那个外人，永远走不进林瑞生活的外人。

林瑞说，她的钱被那个律师骗光了，然后把她像破抹布一样甩了出来，她的脑子因此受了刺激，到现在，时而清醒，时而糊涂，她没有什么亲人，所以回来之后仍然是我照顾她。

我点点头，其实林瑞还是爱她的，尽管她背叛了他，尽管她拿走了他的钱，这样的借口，让他心安理得地和她在一起，她仍然是他的妻子，我是什么？什么都不是。

他用长长的左臂揽住罗恩瘦弱的肩，用右手牵住我的手，我不知道说什么好，拎着行李的手一直抖个不停。

他的手很温暖，可是却留不住我的脚步，一步一步走向安检门，眼泪终是忍不住，缓缓地落下来。我想起林瑞说过的一句话，爱是一只蝴蝶，而爱的本来面目不过是一只蛹。有些人值得我们一生去等待，而有些人不过是旅途中的偶然，爱如蝴蝶飞啊飞，相遇过，真心地相爱过，也就无憾。

无所谓

一

调到高翔之前，我一直在一家外资公司上班，平常忙得一塌糊涂，跟单，约客户见面，抢市场，应付上司，出差，忙得忘记了自己的性别。

可是有些事儿懂得却是没用的，一旦上了轨道，生活就是另外一种状态，和那些男同事一样，为升职，为加薪，甚至只为争一口气，被男同事们当成劲敌亦是没有办法的事儿。

前几天，公司市场部经理移民多伦多那个美丽的城市，身后空出了一个相对重要的位置，即刻便成为兵家的必争之地，公司里的各位有志之士，虎视眈眈。按说我是最有希望成为市场部经理的合适人选，论工作，论能力，论业绩，论学历，无论哪一方面，都非我莫属。

老板找我谈话，激动的心像一只小兔子，在胸中蹦蹦跳跳。老板平常待我不薄，偶尔犯点儿小错，他必会为我遮掩，加之长相厚道宽容，所以我认定他会帮我。自认为势在必得，可以小小地光荣一下门楣，谁知道我却想得太简单了。

进了老板宽敞明亮的办公室，老板眯着一双小眼睛打量着我，然后伸出一只胖乎乎的大手，一把握住我的手笑眯眯地说，杜锦，这个位置非你莫属，我向你保证。但是，你也知道，公司里有多少人想这个位置想得头疼，你总得为这个位置付出一点儿什么吧？

我的笑容慢慢地凝结在脸上，这么残酷的职场竞争，凭的是本事，可是他还不忘为自己捞一把，够卑鄙。我看着老板，故作天真地说，我不懂，你要我做什么？

老板干笑了两声，打着哈哈说，你这么个玲珑剔透的人儿，怎么会不懂？他说着，便把一只大手覆住了我的小手。

我暧昧地笑了，那笑容必定如花朵一般，能蛊惑人的。我轻轻地把他的手拿掉，转头对他笑道，别这样，这可是办公室，让别人看到了，说不清楚。

他即刻会意地说，我知道，晚上八点，你到珠江路408公寓来找我。

我心中暗想，你自己想死，可别怪我害你，于是扭捏道，那个地方我找不到，你还是在珠江路的广场上等我吧，不见不散！

他脸上的表情很生动，如一朵盛开的老菊，掩饰不住地兴奋，一言为定！

出了老板的办公室，我便不顾一切地冲进了洗手间，用香皂一遍遍地洗那只手，可是却再也洗不干净留在我心上的灰尘。我拿起包匆匆离开了公司，我怕眼睛里的泪水被同事们看到。

寒流在昨天晚上袭击了这个城市，天空阴沉沉的，堆满了黛青的云。街上行人匆匆，身上单薄的衣装根本无法与寒冷抗衡，我瑟缩在大衣里，仍然冷得直发抖。我把刚才被他摸过的那只手，擎在眼睛底下打量着，一阵阵的恶心，无法阻止地泛上来。

路过街角的那家酒吧，我想都没想就拐进去了。每天上下班的时候，都会从这家酒吧门前路过，从没有进去看看这样的念头。

尽管已经是午后四点钟了，酒吧里仍然没有什么人，大白天进酒吧，大约会被划归到堕落一族的。我抬头打量着，酒吧被装修成三十年代旧上海的格调，带着奢华与颓败奢靡的气息。

酒吧里，我是唯一的客人，我找了一个靠窗的位子，要了一瓶朗姆酒，慢慢地自斟自饮起来。天黑时，我已经有了轻微的醉意，于是把头埋在桌子上掉眼泪。

再抬起头，我看到高翔坐在我的对面。

二

我在记忆里搜寻着这个叫高翔的大男孩，他有着一双清澈明亮的眼睛，高大健朗的外形，因此被同学送了一个不雅的绰号：绣花枕头。高中时，我们曾经是同班同学，然后是升学考试，我报考了外语专业，而他却不知所终。假期同学聚会，有人说他考上了南方的一所航空大学，只念了一年半便退学了，然后有人看到他在歌厅里唱歌，很多人为他惋惜，而我听到这个消息，心中竟然隐隐作痛，但却不明白为什么。

我笑了，然后又哭，像一个神经错乱的患者，一把抓住高翔的手说，我记得，你是高翔。

高翔轻轻地皱起眉头说，杜锦，你醉了。

我没有醉，我知道你是高翔。

高翔拍拍我的手说，乖乖地，等我唱完一首歌，我就送你回家。

我点头，然后趴在桌子上，不知怎么就睡着了。忽然手机在包里疯狂地叫起来，我吓了一跳，摸出来看了一眼，是老板打过来的，我想象着他站在珠江广场上，瑟缩地抱着手臂，在寒风中焦躁不安的样子，想象着不见不散的承诺，笑容忍不住渐渐地浮上了嘴角，心中有了一丝畅快，我举起酒杯，在心中对自己说，慢慢等吧！我亲爱的老板。

转头之间，我看到高翔拿着麦克，轻轻地翻唱一首老歌《月亮代表我的心》，我呆住了，这时我才看清楚高翔，早已不再是高中时那个青涩的男生了，他清澈的眼睛蒙上一层淡淡的忧郁，有了某种朦胧的我看不懂的东西，却也更加迷人。头发也不再短短的、又硬又直，而是长发披肩，微微地、自然地弯曲着，飘逸、洒脱。

岁月像水一样，温软地雕刻了人生。

我从来不知道高翔的歌唱得这么好，嗓音带着一股清馨恬淡的水润和莫名的忧郁，一种说不清楚的东西莫名其妙地击中了我心底的一处忧伤，我的酒醒了很多，清醒地听他唱完这首歌，眼泪无声无息地滑落到酒杯里。高翔唱完歌，走过来轻轻地问，我送你回家吧？

我点点头。

路灯下，两只被拉长了的身影有些模糊失真，我们都不说话，挨得很近，甚至能听到彼此的心跳和不规律的呼吸，我的心中有一丝慌乱和不安。

高翔说他上高中的时候就喜欢唱歌，但胆子却很小，一上台，看见台下那么多人，便会产生恐惧心理和眼晕的毛病，尽管现在好了很多，但却仍然没有好到彻底，说到后来，我们俩全都笑了。后来他选择了唱歌作为事业，一直在一些三流的酒吧、歌厅做业余歌手，三年之中，他的唱歌事业却并没有多大的发展，说到后来，他竟然有些暗淡。他自嘲地说，我几乎跑遍了这个城市的歌厅和酒吧，却是第一次碰到你，我一直以为你在外省或去了国外。

我低下头，踩着自己的影子说，没有。大学毕业后，我就进了一家外资公司，老板贪财又好色，很难侍候，在一群男人的世界中辗转腾挪，如履薄冰，练就了外强中干的好功夫，其实内心却很苦，恨不能哪天绊倒了，碰巧拣个有钱又有德的优秀男人嫁了算了。

高翔回头看我，目光温润如水，他带着几分纯真问我，那你碰到这样的好男人了吗？

我失笑，没有，好男人早被别人剜到筐里去了，剩下的我又没有什么兴趣，此乃命也运也。

说完我们一起哈哈大笑，笑声在夜色中，带着清冽，很久我都没有这么高兴过了。

三

高翔不经意中，就那样一点一点渗透到我的生活中来，但是却仍然没有好到彼此没有间隙的那种状态。偶尔会打个电话互相问候一声，偶尔也会相约一起去晚餐，有时候心情不好，也会跑到他唱歌的酒吧去听他唱歌。

尽管我仍然坐到了市场部经理的位置，但是从上次珠江广场的失约之后，老板对我可谓冷若冰霜。想起来便好笑，老板在珠江广场等了我两个小时，不见人影，之后便得重感冒，眼泪一把，鼻涕一把，看见我时，恨不能用眼神把我杀死。我忍不住偷偷地乐，痛快归痛快，但此后我的日子便愈加不好过了，此人处处针对我，吹毛求疵，大有把我一块块撕食才后快的气势，如果我能主动离职，不知会不会中他的下怀。我心中冷笑，逼我，我也不会就范，臭美去吧。

工作上，我处处小心，尽量不授人把柄，很累——心累。

周五的晚上，高翔约我一起吃晚饭。那天天气阴冷，天空中飘着小雪花，这样的天气，最适合三两知己，围着火炉喝喝茶，聊聊天，或者窝在被窝里听歌看书。

我们去了一家小餐厅，要了一个川味的小火锅，我笑道，你怎么知道我最爱这个？高翔颇感意外的样子，搓着手勉强笑道，喜欢就好。他的笑容有些落魄，我看了后有一丝酸楚塞满了我的胸腔，很难受，我心里清楚地知道他没钱，所以只能请我吃这种小店，我不能点破，给他留着最后的尊严。

我装着很喜欢吃的样子，兴高采烈地把青椒丝、红椒丝捡到嘴里，一边漫不经心地问他，有什么高兴事儿请我吃饭？

高翔慢慢地放下手里的筷子，看着我说，一个朋友介绍我去广州发展，一个星期后，我可能会离开这里，这顿饭就算是告别吧！

含了一嘴的青椒丝、红椒丝，还没有来得及咽下去，高翔的话好像一下子把我的胃撑满了，再也没有吃下去的兴致，半天，我问他，留下来，不走可以吗？

他沉吟了一会儿，毅然决然地说，我等这个机会等了很久了，早在遇到你之前，只是我的朋友刚刚才和他的朋友联系上……

我打断他说，你别说了，我都懂的，不过是和你开玩笑的，你怎么还当真了？

高翔紫涨了脸说，其实两者我都不想放弃的，可是，我却只能选择其一。我听懂了他的意思，心中被一阵阵袭来的温暖侵占着、幸福着，那种感觉真好。

最近上班的时候，我老是走神，不知怎么，总是想起高翔，我跟他真是有缘无分，刚刚相遇，就要分离，心中难免不会遗憾。

夜里睡不着觉，冲动地给高翔打电话，因为隔着电话线，轻易地撕开了难为情的面纱，冲动地张口而出，高翔，我跟你一起去广州吧？他大约被我吓住了，隔着电话线，半天才说，你又喝酒了？我笑道，没有，我现在很清醒，体温正常，智商正常。他说，只怕你将来会后悔的，你现在就做到了这个职位，以后会有很好的发展的，你舍得放弃这些吗？我笑嘻嘻地说，怕什么？我们还年轻，有的是机会。

高翔仍然很理智地对我说，没有那么简单的事儿，更何况我是一个前途渺茫，自己都看不清自己是不是有未来的人，跟着我这样一个人，会毁了你的，所以我不同意。

无所谓。这是那一晚上，抱着电话，跟高翔说的最后的一句话。

高翔的南下，促成了我和他的关系迅速明朗化，我近乎以飞蛾投火的姿态，投向了高翔的怀抱。高翔曾经是我的一个梦想，高三最后一季，同学们都在备战高考，只有他轻松悠闲地在操场的白杨树下散步，那个英俊的背影就那样定格在我的心中，多年之后，仍然无法忘怀。

我几乎是以最快的速度，递交辞职信，清理东西，威胁利诱取得父母的同意，然后提着行李，在火车站与高翔会合。

火车启动之后，我那颗高贵的头颅终于靠在了高翔的肩上，我们不说话，听着彼此幸福的心跳，看着车窗外纷纷后退的景致，那一刻，心中是宁静的、安详的，没有一丝杂质和妄念。年轻真好，年轻意味着有无限的可能。

四

出了广州火车站，我和高翔各自舒展了一下肢体，三天来，我们几乎是没动地儿地在硬座上挨了几十个小时，身体几乎缩成了一团，快变成了软体动物蜗牛。高翔伸出一只手，在我的头上揉了一下，他用极小的声音对我说，跟着我，让你受委屈了。我不在乎地笑笑，没事儿，我的身体壮着呢。说着，我做了一个健美的姿势，高翔忍不住笑了，他的笑容里有阳光的味道。

广场上人头攒动，我和高翔牵着手，生怕走散了。然后我们在出口的地方找到了他的朋友，他的朋友手里擎着一块纸牌，上面写着大大的高翔两个字，我和高翔几乎是雀跃地奔了过去，像见到了亲人一般。

高翔的朋友领着我们，七拐八绕，过街穿巷，漫长的步行之后，把我们领到一幢旧楼前，上了四楼，打开中间一户的房门说，这里就是你们的新家了，房东明天会过来拿房租，然后便扬长而去。

我和高翔茫然地环顾四周，一时不知所措。屋子里冷冷清清，没有烟火的气息，屋角结满了蛛网，我想起了在书上看过的鬼屋，心中一阵阵地发冷。这是一室一厅的房子，卧室里只有一张旧床，人坐在上面，便会发出吱吱呀呀的响声，像老太太唱歌。我和高翔对视着，忍不住“扑哧”一声笑出来。

有一只蟑螂从床底下迅速窜出，我吓得尖叫一声躲到了高翔的身后，高翔安慰我说别怕，然后开始和那只蟑螂大战，满头大汗，蟑螂最后躲进了厨房的一条墙缝里，从而宣告了蟑螂的胜利，高翔的失败。我安慰他，等蟑螂的全家下次集体出来散步时，我们乘其不备，从而让其全家覆没。

我打开阳台的门，从阳台上看出去，这里有一大片的旧楼，大约过不了多久便会拆迁了。但是不管如何，我们暂时算是有了栖身之地，我开始洒扫、清理，找出一块有着小动物图案的旧布当窗帘，然后去街角的小卖店买来大米、油盐之类，顺手买了两个土豆、两个青椒。

米饭加水少了，做得有点儿硬，青椒土豆丝放油少了，有点儿煳，做饭本就不是我之所长，做成这样已经不错了，我和高翔以茶代酒，碰了杯，庆祝新生活的开始。

那天晚上，高翔轻轻地把我揽在怀里，他几乎是贴着我的耳朵，温热的气息弄得我痒痒的，他像是对我说，又像是自言自语，他说，将来，如果有那么一天，我会让你过上好日子，我不会让你再受苦。

我的眼睛里慢慢地积满了泪水，却隐忍着没有落下来，我知道高翔不会负我，定然不会，有他这句话，受再多的苦，也是值得的。

第二天早晨起来，身上起了一层密密麻麻的小红点，奇痒难耐，并且还有些发烧。高翔吓坏了，一把抱起我就要去医院，我挣扎着要下来，他不肯。下楼的时候，遇到来拿房租的房东太太，她说没有大碍，过几天就会好的，是水土不服。这一个典型的岭南女人，身材瘦小，颧骨有些高，人还是蛮不错的。

高翔听了她的话，又转身把我抱回到楼上，轻轻地放回到床上，取了房租给房东太太，然后烧开水，给我吃药。他笨手笨脚地做着这些，转回头的时候，我看见他的眼睛里有隐隐的泪光，我心中很难受，我说翔，我是不是拖累你了？

高翔摇摇头说，你别胡思乱想，好好养着，我出去一趟，小郑给我介绍了一家唱片公司，我去看看能不能签约。

小郑是昨天送我们过来的那个小伙子吗？

高翔点点头，转身出去了。

一个人躺在这所空旷的房子里，心有些虚，找出一些老歌慢慢地听着，心情灰暗，眼泪一点一滴落进枕头里，想起旧事，恍然若梦，从前衣着光鲜地出入在写字间里，与一些莫名其妙的人周旋，却觉得心累。现在心不累了，却像是突然间掉进了时间的荒漠中，有一丝淡淡的失落。

下午，高翔回来的时候，我刚刚睡着了，高翔就坐在床边看我，一只手，轻轻地抚摸我的脸，我被他弄得醒了，睁开眼睛看他，他的脸上竟然有一丝萧索的忧郁，不用问，我也知道结果如何，但我还是本能地问他，情况怎么样？

他摇摇头，然后说，不好，不像预期的那样。

我握住他的手，安慰道，慢慢来，好吗？我保证，一切都会好起来的。然后我冲着他笑，不知怎么，笑着笑着，我就哭了，高翔抱住我，我在他的怀里哭得一塌糊涂。

五

早晨，高翔还在梦中，看着他睡得孩子一般甜美，竟忍不住在他的额上轻轻地吻了一下，然后我便溜出去买早点，轻手轻脚地送回来。我数了下钱包里的钱，只剩下薄薄的一沓，再找不到工作，真不知道将来会怎样。拿着简历，去人才交流市场找工作。对于找工作，我还是比较自信的，论经验，论能力，骄傲点儿说，我是很优秀的。因此工资低于三千、蓝领工作一律免谈。

我拿着制作精美的简历，瞅准外企、高薪单位下手，简历一份份地递上去，结果给回音的却寥寥，问起原因，有的竟说我的起点太高，请这样的手下，有压力，不太好管理。天啊，竟有这样的逻辑！

垂头丧气地往回走，广东的春天来得早，街边的红棉，未发叶，竟然先开出了大朵、大朵的花，满树的枝干缀满了绚丽的缤纷，一时间热闹且繁花似锦。一路走来一路看，沮丧的心情竟然被淡化了不少。走回到街角的小菜场，顺便捎回一把碧绿的小油菜。回到家中，三点多了，高翔刚刚起床，正在洗漱，满嘴的牙膏泡沫，疑惑地看着我问，这么高兴，找到工作了？我摇摇头说，还没有，我的情绪无端地又低落下来。

高翔忙说，别着急，大不了我再回歌厅唱歌，反正我们还不至于饿死。

我在高翔的身后，抱住他，把脸埋在他的背上，他的背温暖踏实，让人生出依赖，我说，翔，你真好。

高翔回过头，拍拍我的脸笑，别灌迷魂汤了。

没有，我就是觉得你好。

高翔扳过我的身体，拥在怀里，赤裸的目光看着我问，杜锦，有没有后悔跟着我出来？

我看着窗外的云，一朵飘走了，一朵又来了。我说，翔，拜托你以后别再问这么幼稚的问题。

高翔有些生气地说，你别嬉皮笑脸的，你看着我的眼睛，我是认真的。

那好吧，杜锦现在一百个认真地回答你，没有。

翔低下头，吻我。

夏天的时候，我终于找到了来广州之后的第一份工作，在一家小公司里做秘书，公司小到难以想象的程度，只有三个人，老板兼任会计，这叫肥水不流外人田；经理兼任业务员，这叫最大限度发挥专长；我是秘书，兼任杂役，这叫不用白不用。公司的经营宗旨是：什么业务都能做，什么赚钱就做什么。月薪八百，拿到项目有提成。

我打算不管好歹，先做着，来广州之后，高翔根本没有签到唱片公司，最初的满怀豪情一落千丈，偶尔去歌厅唱唱歌，有时候个把月不出门，抱着吉他在家里唱歌写歌。

我的那一点儿积蓄眼瞅着花光了，不能坐吃山空。委屈自己每天去那家小公司上班，领那么一点微薄的薪水。所有支撑我的信念，就是高翔给我的爱，高翔热爱的并为之付出一切的事业。

可是，人算不如天算，两个月之后，那家小公司的经理因涉嫌偷税，被抓了起来，树倒猢狲散，我和那个副经理只好卷包各奔前程去了。

红棉的叶子变黄的时候，便是我的生日，那天我把家里收拾、打扫得干干净净，准备高翔回来的时候给他一个惊喜，没想到高翔在外面打电话回来，说要请我吃饭。我说算了，面条我都煮好了，你快点儿回来，只要你在我身边，吃什么都已经不重要了。

高翔说，还是你出来吧，我等你，说完他便挂了电话。他的语气中竟然有着一股子霸道的味道，这是从来不曾有过的。我摇摇头笑了，高翔，这个大男孩，更多的时候，更像一个孩子，单纯、任性，不计后果，也很可爱，起码在我的眼里是这样的。

那天晚上，我找出了从前在外资公司上班时穿过的黑色礼服，头发挽起来，化上了与之相配的精致妆容，换上高跟鞋，镜子中是那个久违了的我。

六

见到高翔，他不认识似的盯着我看，我第一次在他面前打扮得这样光鲜。本来他的心情似乎很好，可是，之后，竟然渐渐地暗淡下来，像一簇蓝色的火焰渐渐转成淡红。我有些后悔，我猜想，可能是我的光鲜刺激了他敏感的自尊。

果然，在我的再三追问之下，他才懒洋洋地说，我写了一首歌，刚刚卖掉了，拿到三千块钱的稿酬，买了一条链子打算送给你，作为生日礼物。他木着脸，没有表情地问我，我是不是很幼稚？这样区区一条链子，和你过去的奢华相比，又算得了什么？

我有些想哭的冲动，我咬住嘴唇问他，你把刚写的新歌卖了？为什么不和我商量？

高翔梗着脖子说，我写的歌为什么不能卖？只要我觉得卖得值。

我不是那个意思，我只是想，将来如果有机会，可以把你写的歌，制作成专辑。

高翔的气焰便低了下去，一直低到尘埃里，但仍然骄傲地说，我自己赚的钱，想怎么花就怎么花。

我当然懂得。可是我真的不想你以这种方式告诉我你的真心。

我的生日在秋天温情的眼泪中度过，与往年任何一个都不同。我和高翔吵得很厉害，他的心情几乎低落到了极点，他写的歌卖不掉，又没有唱片公司和他签约，整整一个秋天，他几乎都是在酒精里麻醉自己，不停地吸烟，整夜整夜地失眠，可是我却帮不了他，经济上我们也濒临绝境，生活已经把我们逼到了墙角，可是他却把自己的新歌贱卖了，只得了三千块，毫不犹豫地买了一件与生活不相干的东西。

我又开始到处找工作，有了以往的经验，我很快便踏实务实起来，不久之后，便找到了一份超市收银员的工作，很辛苦，每天站在一个地方重复劳动，每个月拿到的薪水却不多，只有一千五百多块。

有一天，一位三十多岁戴着眼镜的男人，结完账之后，把一个精致的皮夹子忘在了收银台上，等我发现之后，抬起头来，那个男人已经走得踪影皆无，没办法，我只好把那个皮夹子放在收银台底下。

一直到下班之后，仍然不见那个男人前来寻找，我只好打开皮夹，检查了一下，几千块钱的现金，几张银行卡，名片之类，很杂。我打了他的手机号码，一拨就通了，他兴奋地说，我正到处找呢，就是想不起丢在哪儿了，刚好你就打电话来，真是太感谢了！

我简洁地说，那好，你来取吧！

男人便问，我去哪里找你？

我想了一下说，就在超市旁边的那家快餐店吧！

我抱着那个皮夹子等在快餐店里，心里却焦急地想着高翔，不知道他在家里吃过饭没有。正想着，那个戴着眼镜的男人急急忙忙地进来了，我站起身迎过去说，先生，这是您的皮夹子吗？您检查一下，看看里面的东西少了没有。男人一边说不用了，一边打开皮夹，找到一张单子，立刻眉开眼笑地说，我到处找这张货运的单子，都没有找到，吓出了一身的冷汗，这次真的要好好谢谢你。

我站起来说，先生，如果东西没少，我就先走了，我还有事儿。

慢着，请等一等。

我吓了一跳，回头看他，他从皮夹里掏出一沓现金递过来，一边说，小小意思，你别推辞。

我笑了，说，先生，你搞错了，如果我是为了这个，我可以把你的皮夹子留下来不告诉你的。

男人想了想，笑道，我没有别的意思，就是不知道怎样感谢你才好，或许这种方式不够妥当，但是我没有恶意。

我笑着点头。

男人说，我叫杜辉，那么让我送你回家吧！总要让我用我的方式表达一下我的谢意吧？

我爽快地说好，因为实在是太晚了，我怕高翔在家里等得太久会担心的。出了快餐店，坐进了他的黑色沃尔沃，心中有如飞翔一般的感觉。

四十分钟之后，回到家里，高翔已经睡着了，我在卫生间里冲了凉之后，便钻进了高翔的被窝里。可是高翔的身上烫得很厉害，他在发烧，我摇晃他的胳膊，可是摇不醒他，我打算背他去附近的医院，把他的衣服都穿好之后，我已是满头大汗，然后把他弄到背上，可是怎样也背不动他，我对着窗外黑漆漆的夜，眼泪不停地流下来。

七

春节的时候，是我和高翔最难过的日子，两个寂寞的流落异乡的人，彼此取着暖，也温暖着对方，偏偏这个时候，这间租住的房子开始拆迁，我和高翔到处打听租房子，却已经没有了刚来时的那种慌乱。

我还在那家超市上班，常常能碰到杜辉，他去买东西，结账时喜欢跑到我的收银台前,开玩笑说,我叫杜辉,你叫杜锦,前世,说不定我们是兄妹。

我优雅地笑笑,并不搭言,杜辉便问我,你以前做什么?我总觉得,你的气质说明你以前肯定不是做这个的。

太多的挫折之后,我只要最简单的,能有一份工作我就很满意了,做什么都一样。

杜辉忽然用英语问我,以前做什么?

我条件反射一般地用英语回答他,做外贸出口。

杜辉的脸上露出了满意的笑容。这个男人有些狡猾。杜辉常常去找我,游说我去他们公司上班,站在那儿一侃就是半天,我终于被超市的领导盯上了,被抓了典型,警告我以后上班时间不准聊天。我能管住自己不和杜辉聊天,但却禁止不了他一趟趟地来找我,终于,我被那家超市辞退了。我怨恨地看了杜辉一眼,这下你满意了?我还要用这笔钱留做家用呢!

我不想和杜辉搭上任何关系,哪怕是他的下属。他常常去我们住的那片旧楼前,在我必经的路口上等我,我并不理会。

高翔敏感地问我,最近老是看到一个开黑色沃尔沃的男人,出入在这片旧楼前,不知道是看上了哪家的妞。

我模糊不清地应着,在我心里,高翔是我来广州之后,最亲的亲人,我不想对他有一丁点儿的伤害。我们提着简单的行李,去我们的新租来的房子,那片旧楼在我们的身后轰然倒下,我和高翔一起回头,我们曾经的蜗居,哪怕是租来的,让我们深深眷恋的,从此不复存在,被夷为平地。我和高翔一起回头的刹那,我们一起看到了杜辉,他开着黑色沃尔沃,尾随在我们的身后,我看到高翔的眼底,瞬间多了一抹灰色,凌锐、陌生。

去街角买菜，只买最简单的，最便宜的，和卖菜的女人讨价还价，争执不休，最后吵了起来，女人说，一把最便宜的青菜你还跟我砍价，吃不起算了，还混什么啊，还嫌我的菜老，没看看你的脸，比这青菜还老。那女人伶牙俐齿，刻薄至极，我只有倒吸气的份儿，平常的咄咄逼人，全没了用武之地。

一转身，看到高翔站在我的身后，脸色铁青，便要去掀人家的菜摊，我拉住他笑道，何必呢，我都不介意你就更不要介意了。

一起往回走，脚步起起落落，高翔没有跟我再说一句话，我的眼泪哗哗地往心里流，他没有看见，我不想他难过。

高翔又回到歌厅唱歌，整晚整晚不回家，我一个人守着寂寞空旷的屋子发呆，我想起了念高中的时候，有一次在郊外，我们坐在一棵桑榛树下，他用毛毛草编了一个戒指，套在我的手指上，用野百合编织了一个花环，戴在我的头上，我们彼此许了对方一个未来，那时候我们有多大？十六岁，还是十七岁？那些远去的美好时光哦。

高翔凌晨时分回来，满身的酒气挟着凉风，坐在厅里一只旧木椅上吸烟，他知道我不让他吸烟喝酒，因为会破坏声带，他的行为就是为了让我疼。他绝口不问杜辉是谁，他只是让我疼。

偏偏我又无从解释，因为我自己也搞不清楚杜辉是谁，当真是百口莫辩。带着这样不能辩解的委屈入睡，睡梦中一遍一遍地喊高翔的名字，冰凉的眼泪一滴一滴落在脸上，睁开眼睛，看到高翔泪流满面的脸，我一声不吭地拥进他的怀里，所有的委屈、贫穷、疼痛顷刻间烟消云散，冰消瓦解。

我能够理解高翔那种矛盾的心情，一方面，事业上毫无进展，另一方面，不能给我安定富足的生活，还要我负担这个家，他对我的愧疚、感恩还有爱情搅和在一起，我越是毫无怨言，他越是似是而非，像两节并行的钢轨，相交时注定了要脱胎换骨。

八

一天，去街上给高翔买早点，在一份报纸上看到一家做外贸出口的公司招聘市场部经理，我拿着报纸，欣喜若狂地跑回家，我气喘吁吁地喊，翔，终于有跟我专业对口的公司招聘了，真是天无绝人之路。高翔不大热衷地翻了个身，继续睡去，我垂下胳膊，报纸便如一只蝴蝶一般，扑腾了两下便落到地上。

我弯腰捡起报纸，慢慢坐到那只旧木椅上，眼泪落下来，滴在报纸上，洇湿了很大一片。谁说过？爱情多一点便会成为其中一个人的负担，像现在？像我这样？我不能确定。

不知过了多久，高翔醒来，惊愕地看着我问，锦，你怎么了？我说没事儿，不过是被风迷了眼睛，过一会儿就会好的。

高翔打量着我，似乎是想从我的眼睛里看个究竟。

我按照报纸上给的地址，去那家外贸出口公司应聘。公司在二十七楼，出了电梯，看到很多女孩来应聘，个个衣着光鲜，妆容精致，带着志在必得的自信，坐在办公室的外面等，我走到最后一个的旁边坐下来，漠然地看着一个年轻人进进出出地忙着叫人进去问话，看着女孩们一个个垂头丧气地从一扇玻璃门里出来，来时的紧张突然间消失得无影无踪，反倒坦然起来。轮到我进去，原来里面有三四个人在问话，我不卑不亢地应答，忽然看见杜辉也在，冲着我淡淡地笑。

果然，如我所想的一样，所有应聘者中，只有我一个人被录用了，原来这则招聘启事，是杜辉发的，并且专门为我一个人发的，他知道我一定会去应聘的。后来，他说，这是唯一能够找到我的办法。我被杜辉的温情感动得一塌糊涂，我没有犹豫，就去了杜辉的公司，做了他的市场部经理，负责开发华东市场。

杜辉会不会爱上我，是他的事儿，我暂且不去管，但我却清醒地知道，我不会爱上他，我只爱高翔，他是我生命中的烙印，无论是过去，还是将来。

一天，我正在厨房里忙着，高翔从外面回来，喜悦之情溢于言表，他一把抱住我，从身后解下了我身上的围裙，夺过我手中的一把芹菜，扔到一边，说，亲爱的，今天晚上我们不做饭了，我们去喝酒好吗？

什么事儿这么高兴？我疑惑地问，高翔似乎越来越情绪化。

你猜？他像个孩了似的，多年来，我从未见他如此高兴过，简直有些忘形。

我摇摇头笑道，猜不到。

他拉着我去了酒吧，要了一瓶杜松子酒，加冰块，大有不醉不归的意思。摇曳的灯光，迷醉的心情，一杯一杯的酒喝下去，然后我看到高翔跑到台上，抢过一位客人手中的麦克，对着话筒沉吟了一下，深情地说，今天晚上，我要唱一首水木年华的《一生有你》，送给我的太太杜锦，感谢她多年来对我的照顾。因为梦见你离开／我从哭泣中醒来／看夜风吹过窗台／你能否感受到我的爱／等到老去的那一天／你是否还在我身边……

眼泪不知道什么时候流下来，可是我清楚地知道，我分明是在笑着。高翔走到我身边，拉着我的手喜极而泣，他说，锦，终于有唱片公司肯和我签约了。

我拉着他的手，说不出话来，眼泪一个劲地往下流，翔终于熬到这一天了。

高翔说，前几天，北京的一个音乐制作人来广州找歌手，他在酒吧里听了我的歌，然后跟我谈了去北京发展的事儿，他们公司愿意签下我。

我和高翔拥在一起，分不清哪一滴是他的泪，也分不清哪一滴是我的泪。

高翔走得很匆忙，很多事儿来不及处理，我只好先留下来，打理完一些琐事，然后去北京和高翔会合。

高翔走的那天，我去广州火车站送他，他像一个孩子一般依偎在我的怀里，他说，没有你，我真的不知道生活该怎样继续下去。

九

我结束了在广州的一切，房子退租，去高翔唱歌的酒吧结了最后一次的工钱，去找我的新老板杜辉递辞职信，杜辉牵住我的手不放，他说，你能为我留下吗？我摇了摇头，我知道，除了高翔，没有人能在我的生命中留下痕迹。我残忍地笑道，除了高翔，没有人能够留住我。杜辉松开手说了含混不清的两个字，罢了。

我如释重负地逃开了，其实我也不知道，如果杜辉坚持，我会不会妥协。

一个月后，我去了北京。在北京火车站，并没有如我想象的那样见到高翔，实事上，广州之别，就是我们最后的一面。

高翔安排人来接我，然后直接把我送到了他安排好的房子里，我试图打高翔的手机，竟打不进去，一遍一遍，最后万般无奈的我，只好放弃了。

看电视成了我来到北京之后唯一的节目，守着寂寞空旷的屋子，我瞪着两只空洞的眼睛，抱着一大袋的薯片，吃到肚子疼还在继续往嘴里送，一刻也不能停下来，停下来我不知道该做什么，看到屏幕上说再见，然后是一大片模糊的雪花跳出来。我之所以还留在这里，因为我还抱着一线幻想，希望在这里能够见到高翔，希望高翔能到这里找我。

然后，有一个晚上，我在电视里看到了高翔，那不是我曾经认识的高翔，高翔签约的公司对高翔进行了全方位的包装和造型，他原来略长的头发被剪掉了，头发短短地站立着。高翔的名字也被改成了阿翔，一个漂亮的女记者笑问阿翔有没有女朋友，高翔还是从前那般略带忧伤的笑容，他说没有，他说他的初恋女友去了英国，这么些年一直忙于写歌唱歌，根本无暇顾及。我拿着遥控器的手抖得停不下来，然后“砰”的一声扔到电视上，我的内心忽然冷漠下来，虚伪，这是一个多么虚伪的世界。

冷静下来之后，忽然明白了，我的身份令高翔棘手、尴尬，不知所措。

心情空前地郁闷，去长安街，走在熙熙攘攘的人群中，心中从没有过如此的孤单，突然接到高翔的电话，心中慌乱成一团，像第一次在酒吧里遇到他时的那种喜悦和慌乱。他在电话里轻轻地问我，好吗？我说还好。他说，很多事儿，我身不由己。我无语，然后彼此便不再说话，沉默着，沉默着……

挂了电话，我轻轻地叹一口气，街上，不知谁家的音箱里，传出杨坤的歌——无所谓，谁会爱上谁／无所谓，谁让谁憔悴……

听着听着，忽然之间，我泪流满面，谁说我无所谓？我的坚强不过是我背负的壳而已，我的内心渴望温情，渴望爱与被爱，我也是一个平常的女人，我一直都是有所谓的，我爱高翔，却不知道，高翔从来都不属于我，高翔只是我过往生活中一个不真实的音符，他像一颗天边遥远的星星，可望而不可即。

休提花痴当年勇

一

苏小桥当年是全校有名的花痴，宿舍里的姐妹都笑她，说她是生猛无比的小兽，不碰得头破血流不回头。说她太色了，看到有点姿色的男生就生出一颗色心，不剜到筐里决不罢休。

种种流言，种种传说，苏小桥听了也不恼，笑笑说，人生难得遇到一个对心思的，爱上了，谁还顾得了那么多？每次说这话的时候，唐豆豆都会站出来说，我支持你，你就是我的楷模，喜欢就喜欢了，有什么了不起啊？掖着藏着不是现代女性的风格。

两个人会心地笑，苏小桥请唐豆豆去学校附近的小馆子里吃东西，两个人喝了啤酒，喝得有点儿大的苏小桥拍着唐豆豆的肩膀说，知己啊！有个知己真好，觉得心里暖和多了，只是这堡垒，我攻不下，就算我是一盆火，怎奈他是一块冰啊！怎么捂都捂不热，长着一颗石头一样的心，我花了很多心思，设计与他巧遇，故意与他邂逅，和他一起去旅行，给他过生日，什么都想过做过，像短路了似的，我愈疯狂，他愈淡泊。最要命的是，他不是梁山伯，不解风情，他是什么都知道，故意不给我机会。我像一只飞蛾，隔着玻璃去扑火，虽然没有被焚，却已是身心俱伤。佛说，得放手时且放手。就算我再勇敢，走到尽头没有路，我是不是该放手了？

说到后来，苏小桥的语音中有了心灰意冷的意思。

那时，秋天，窗外秋雨淅沥，愈发衬托得苏小桥的忧伤像水一般，冰、冷、凉、刺骨，唐豆豆被感染了，这个开朗热情的女生，到底也被苏小桥弄得伤感起来，她拽着苏小桥恨恨地说，男生就是大臭虫，踹掉一个还有另一个，多得踹不完，这是自然生态规律，少了一个大臭虫，天塌不下来，我们还有机会，再瞅瞅别的，洒脱有个性的男生还有那么多，像花一样装点我们的生活。别喝了，别再喝了，回去睡觉吧！一觉醒来，你会发现，原来生活还是这般美好。

二

当年，苏小桥去T大找以前的同学，偶然遇到秦一凡。

秦一凡虽然很出众，但还不足以达到倾倒众生的地步，可是偏偏苏小桥就像着了迷一样，一下子喜欢上这个神情有些忧郁的男生。

有人说，爱情来时没有道理可以解释，两个人不管隔着多远，中间就像有气场一样，会闻着那种味道自己寻来。这是苏小桥喜欢秦一凡，自己对自己唯一的解释。

那天，苏小桥去T大找同学，没有找到，逢人便问，问了几个人都不知道，后来就问到秦一凡。她说，我明明给他打过电话的，他还到处疯跑，这位同学，你见过他没？秦一凡说，我刚才好像在图书馆看到他了，我带你去？

于是苏小桥跟在这个叫秦一凡的男生身后，穿过小树林，穿过花丛，穿过校内的人工湖，一路寻到图书馆。可是到了图书馆，苏小桥居然忘记了自己是来干什么的，秦一凡努努嘴说，那个就是你要找的人。

苏小桥的思维还处在短路的状态，半天，一回头发现那个叫秦一凡的男生不见了，她回身追过去，说，同学，你等下，我还有事。

秦一凡停下来，苏小桥气喘吁吁地说，那个什么，这位同学，你帮了我这么大一个忙，告诉我你叫什么名字，还有你的手机号码，回头我请你吃饭谢你。

以为有什么大事，结果只是听到苏小桥这些不着边际、摸不着头脑的话，秦一凡就笑了，说，吃饭就不必了，举手之劳，何言谢字？

苏小桥不管三七二十一，拽过秦一凡的手，把自己的手机号码写上去，然后一扭头跑了，一边跑一边笑，说，给我打电话，别忘了。最后三个字，尾音拖得长长的，很好听。

三

还有什么事比这样公然示好更让人激动的？可是秦一凡半点儿也不曾心动。

他是从小地方考出来的，性格比较复杂，身上既有些小小的自卑，同时却又踌躇满志，这两种截然不同的气质混合在他身上，没有矛盾与冲突，相反却起了微妙的化学反应，很吸引人。

秦一凡想要在大地方干一番事业，出人头地，可是又怕被人瞧不起，这种矛盾的性格造成他安然沉稳的同时，又使他眼睛里迸出一些小火花，那些小火花瞬间点燃了苏小桥，那些心浮气躁的男生怎么能跟他比？简直太没有深度了。

所以苏小桥一看到他就短路了，变得生猛起来，勇敢起来，花痴起来。

她在学校里等了很多天都不见秦一凡给她打电话，最初的那些小激动、小温情、小希望渐渐寡淡下来，她想方设法从老同学那里套来一些关于他的信息：他是大一新生，家住在小城镇，喜欢打篮球，喜欢泡图书馆，喜欢旅行，没有女朋友。

得此信息，苏小桥欣喜若狂，幸好这棵草还没主，看来自己的希望还是大大的。

那年，苏小桥已经上大三了，过去的几年间，她对男生从未如此上心过，可是却忽然对外校的一个不起眼的男生生出狂热，那种小喜欢，在心底酝酿、壮大，到后来自己也无法控制了。

那时候，下手早的同学都开始提前着手毕业后的事情，可是苏小桥却跃跃欲试，想谈一场恋爱。

她设计了很多种与他偶然相遇的方式，比如在他常去的图书馆偶然相遇。当然很多时候，她都会穿城而过，花上两个小时的时间去T大的图书馆，在那里，她可以看到秦一凡。她会在安静的午后时光里，在寂静的图书馆里，充满耐心地给秦一凡传小纸条：你第一次和女生牵手是什么时候？你是什么血型？什么星座？你喜欢吃辣椒吗？你喜欢什么样的女生？你将来会出国留学吗？

秦一凡的侧影很漂亮，头发稍微卷曲，眼神清澈，鼻梁挺直，他专心地看书做笔记，至于苏小桥的小纸条，多数时候，他不会回，偶尔，也会回两个字：无聊。

苏小桥并不介意，嘻嘻地看着他笑，他的拘谨甚至不屑，更加让苏小桥斗志昂扬。看着秦一凡的时候，她的心中就生出幸福，浅浅的幸福。

所以很长一段时间，人们都会看到一个年轻的短头发的女孩奔波在去T大图书馆的路上，脸上有恬淡的笑容。

四

大学里的最后一个假期，苏小桥的老同学为了给她和秦一凡创造机会，组织了一次小规模的旅行，唐豆豆也去了。

一路上，苏小桥对秦一凡照顾得周到、妥帖，充满耐心。有一天晚餐的时候，菜里有辣椒，苏小桥连忙把那盘菜端到一边。她说，秦一凡不能吃辣椒，他的胃会疼的。

秦一凡却翻了脸，他问苏小桥，你什么意思？你到底想做什么啊？你是想以我女朋友的身份为我做这做那吗？告诉你，我不会领情，别说你还比我大三岁，就算你比我小三岁，我也不会考虑的。

当着那么多同学的面，苏小桥傻了，自己的喜欢，喜欢了那么久，居然就换回这几句话，她的心忽然就凉了，她看着秦一凡说，我很贱，我不叫苏小桥，我叫苏小贱，以后我不会再犯贱了，你放心。

苏小桥没有落眼泪，一滴都没有，因为她的眼泪都流进了心里，所以别人看不到，她看着秦一凡说，以后，你的世界里再也没有苏小桥了，你放心。

秦一凡嚷嚷，没有苏小桥会有李小桥，有什么了不起！他又狠狠地吃了几口辣椒，分不清是心疼还是胃疼，所以根本不知道自己在说什么。

苏小桥推门出去的时候，大家都去拽她，可是怎么都拽不住，她倔强地昂着头离去。

旅行不欢而散。

五

果然，从那以后，秦一凡再也没有见过苏小桥，听人说她出国留学了。等秦一凡大学毕业参加工作后，听人说苏小桥回国了，在一家跨国大公司里做一份职位很高的工作。可是这些都是道听途说，谁也没有见过苏小桥。

秦一凡发了疯似的，到处找苏小桥，去那些传说中的大公司，去找苏小桥的旧识，发寻人启事，甚至发到QQ群里、论坛上，怎奈，一丁点儿关于苏小桥的消息都没有。

当他发现自己真的喜欢苏小桥时，苏小桥已经出国了。

那时候，苏小桥已经离开他很久，可是他的眼前晃动的都是苏小桥的身影，苏小桥给他剥橘子的样子，苏小桥给他买新衬衫，苏小桥送他洗发水，去书店，去电影院，去图书馆，甚至走在街上，他总能与苏小桥不期而遇，以至于，苏小桥离开很久，他还有这种错觉。

他睡不着觉，整晚整晚，心疼成伤。

苏小桥怎么会知道，秦一凡的疏离与冷淡，只是因为苏小桥有一个资产过亿的父亲，而他不过是小镇上一个手艺人的儿子，他怎么敢伸手触摸这不属于他的幸福？

多年之后，秦一凡在机场大厅里遇到唐豆豆，他把她拉到一边，问她有没有苏小桥的消息，唐豆豆看着为伊消得人憔悴的秦一凡，动了恻隐之心，可仅仅也只是一刹那，最终她还是摇了摇头，说NO。因为她看到出口处，苏小桥挽着一个男人的手臂，仪态万方地走出来，还有一个三四岁的稚童，身前身后跑来跑去。

苏小桥认出了秦一凡的背影，特别是从秦一凡的嘴里听到自己的名字，立刻心慌气短起来，可是也仅仅只有几十秒钟的样子，她没有停下脚步，也没有回头，就像那一段走过的青春，再勇敢，再花痴，再犯贱，那都是过去的事了。

旧爱来访

故人来访

早晨，江浩然打电话提醒她起床吃早餐，她“嗯”了一声，挂掉电话，然后躺在床上看着天花板发呆。可是，门铃忽然响了起来，两长一短，很熟悉的节奏，她的心忽然就“跳”了那么一下。

开门的一刹那，安祯简直有点儿不相信自己的眼睛，站在面前的这个男人，依旧是那么清瘦、俊朗、帅气，头发稍微有点儿乱，手里拖着一只行李箱，一身的倦怠，一身的尘埃。

他看着安祯说，小安，你不认识我了吗？

安祯顿时就哭了，泪水汹涌，不知道从哪里来的那么多的委屈，她推他，搡他，捶他，把他弄得不知所措，她说穆晨天你这个浑蛋，两年多了，你去哪里了？你回来干吗？我到处找你，挖地三尺都找不到你，你现在回来干什么？

穆晨天怜惜地看着眼前这个小女人,她失掉了理智,像一只发疯的小兽一样,撕咬、推搡、流泪,等她发泄完了,他才伸出一只手臂,轻轻地把她揽进怀里说,小安,你总嫌我没有出息,我就是想着出去闯一闯,干出点样子再回来娶你。

安祯哭得抑制不住,她说,穆晨天,你就是一浑蛋。

穆晨天也不恼,他说,我是一个浑蛋。

世间的事,真的难以想象,穆晨天的出现,就像当初他的离去一样,都很意外,没有任何预兆,可是不管怎样,穆晨天回来了,安祯的心里满满都是欢喜。

消停下来的安祯,温顺了许多,像一只小猫一样,乖乖地趴在穆晨天的怀里,梦呓般轻语,晨天,晨天,真的是你回来了吗?我不是在做梦吧?你不再走了是吗?我不许你以后再悄无声息地消失。

穆晨天点点头,说再也不走了,真的不走了,以后都不走了,就守着你。

恋人失踪

当初,安祯和穆晨天一起从大学校园里走出来,两个人一起开始了创业生活,穆晨天有着一切年轻男人都有的那些小毛病、小缺点,浮躁、易怒,眼高手低,喜欢浮华生活,做事没有计划,等等。可是安祯不嫌弃他,安祯就是喜欢他,两个人租了一间小房子,日子过得拮据,捉襟见肘,清汤寡水。可是,快乐这东西,却不会因为你没钱你穷就避开你,它可不像人心那么势利,所以安祯和穆晨天的日子还算说得过去,两个人常常会为一点小事就乐得找不到北。

可是穆晨天是男人，觉得这样的生活实在不靠谱，事业没有起色，生活没有着落，让自己喜欢的女人跟着受苦，所以他常常喝得大醉而归。安祯安慰他说，这个世界上每一个人都渴望成功，可是成功需要一个过程，成功不是一天两天的事儿，它是挂在我们鼻子前面的胡萝卜，是我们向前走的动力。

穆晨天不管什么过程不过程，他有些等不及了，他想要的生活不是现在这个样子，两个人挤在一间租来的屋子里，吃市场上买来的最便宜的饭菜，穿夜市里淘来的最便宜的衣服，出门不是挤公车就是到处打不到车。

他想要的生活，在他的规划里，在他的理想里。可是，现实生活与他想要的差距太大，反差太大，他实在无法接受这个现实。

安祯越是一副忍辱负重的样子，他就越是生气，越是看不顺眼，终于有一天，他不想再看到安祯那一张孩童般纯净的脸，于是某一个早晨，一觉醒来，穆晨天拖着行李箱走了，不辞而别。

只要喜欢

那是一段怎样的时光？穆晨天的突然消失，让安祯觉得重心偏离，她不知道自己该怎样生活，不知道自己该怎样工作，她甚至不知道该怎样打发那些闲下来的时光。她常常盯着桌子上的一对心形情侣杯发呆，常常抱着穆晨天睡过的枕头落泪，吃饭的时候，她仍然会摆两副碗筷，喝咖啡的时候，也常常会要两杯，只是一杯尚满，一杯已空。

那些闲下来的时光，她常常用来想念穆晨天，想念他生气的样子，想念他开心的样子，想念他的一切，想到心痛便扯过被子把自己紧紧地裹起来，像一只茧。

世间所有的事情都是有期限的，想念这东西也是一样，漫长的时光，疯狂的想念终于被淡化成一个影子，埋藏在心底。

然后她认识了一个叫江浩然的男人，两个人的关系很微妙，比朋友多点，比恋人少点。她知道，这一切，原因都在自己，因为她的心中始终放不下穆晨天。

乍见穆晨天，安祯还是喜欢的，她的一颗心被那些小喜欢塞得满满的，她的生活重新有了色彩，她说晨天，这两年，你去了哪里？和谁在一起？都干了什么？是不是有了新的女朋友？

穆晨天摇了摇头说，我一直都在忙着开拓事业，无暇顾及感情，我去了南方，走了好多地方，最终还是回到了这里，因为这里有你。

安祯的心开出花朵，这样的示好，总比赤裸裸地说我爱你更加动人。其实安祯不大相信穆晨天这两年的情感生活是一片空白，毕竟谁都不是小孩子了，只是安祯更愿意相信他说的话，因为他毕竟又回到了这里，回到了她的身边。当然，这其中，最主要的原因还是因为她喜欢他。

只要还喜欢，为什么不给自己一个机会？

风扬尘土

日子重新又回到两年前的轨道上去，仿佛这中间什么事情都没有发生过，并没有过空白或者空窗期。穆晨天日日奔波忙碌，回来后就在屋子里发呆，他重新回来，除了因为她，也因为他们公司要在这里开办分公司，拿订单。

安祯是高兴的，因为穆晨天的事业总算上了一个新的台阶，他身上的毛躁与青涩尽管尚未褪尽，但比起当初，那简直就是另外一个人，当厚重成为一个男人的底色，那么这个男人无疑会得到加分。

那天晚饭时，穆晨天有意无意地说起江浩然，他叹了一口气，说手里的一个单子卡在江浩然的手里，卡得死死的，这个人很冷血，不肯通融，听说他一直在追你，你跟他能说上话吗？

安祯的脸一下子就红了，仿佛自己的那点儿小秘密小心事，被人无意间撞破，其实她和江浩然什么事情都没有，可是说了，别人肯信吗？穆晨天肯信吗？沉默了半天，她说，要不我帮你问问？

穆晨天活泛起来，他一把抓过安祯的手，放在胸口上说，我就知道，你还是我的安祯，你永远都是对我最好的那个人。

那天傍晚，太阳落下去了，余晖透过窗子洒进来，朦朦胧胧地打在穆晨天的脸上，两个人都没有去开灯，穆晨天很活跃，说了很多当年在校园里的事情，可是安祯的心却在一点、一点往下沉，终于沉到了一个深不见底的地方。她终于明白，穆晨天为什么回来，为什么找她，这并不是像他自己说的那样，也并不是像她想象的那样。

往事就是一撮尘土，看着是一堆，风一扬，就什么都没有了，连踪迹都无处可寻。

回不去了

穆晨天的事情依然没有进展，他的处境很艰难，因为这个单子关系到他的升职，所以他做得很上心，很卖力。

早晨起来，安祯在卫生间里挤牙膏，准备洗漱，模模糊糊听到穆晨天拿着手机去阳台上讲电话，他的声音尽管压得很低，但听上去依旧很暧昧，说着很亲昵的话，只能对恋人说的话。这谁都知道，不用问安祯也知道他在给谁打电话。

安祯并没有如自己设想的那样，接受不了或者伤心流泪，她很平静，甚至没有怨恨，根本没有了当初穆晨天离开时，那种绝望和世界末日般的心碎，她自己也有些奇怪，是年岁大了，人就变麻木了？

倒是穆晨天，他有些生气，两个晚上没有回来，然后，回来就跟她吵了起来，准确地说，是他一个人吵了起来，他说，安祯，你是不是觉得我这人特别坏？你不知道，这两年，我一个人在外面吃了很多很多苦，什么样的人都遇到过，什么样的事情都碰到过。

穆晨天像喝醉了酒，絮絮叨叨，他说，安祯，你不帮我就算了，干吗要忽悠我？你不帮我，我不怪你，可是你不该让我空欢喜一场。

安祯木在那里，穆晨天不管说什么，她都没有说话，一句都没有解释。其实，安祯帮他问了江浩然，江浩然说，这件事情你就别掺和了，他的公司，他的背景都很复杂，不是你能想象得到的。

结果和安祯想的一样，其实安祯也不是想要什么结果，她就是问一下，然后心就安了。

穆晨天走的那天，目光里有些怨恨，他说，小安，你没有你想象的那么爱我。安祯知道他指的是什么，她说晨天，你也一样，你也没有你想象的那样爱我。

安祯没有去机场送行，她只是站在玻璃窗前，看着穆晨天拉着行李箱一步步地离开，她没有跟他说起自己问过江浩然的事，说了又有什么用呢？无论怎样，他们都不可能再回到大学时代，都不可能再回到青涩年华里，都不可能回到两年前的旧梦中去。

是的,回不去了,再也回不去了。爱情不是自来水,说开就开,说关就关,说有就有,说无就无。

美女过敏症

一

江一泓是在同学聚会上看到白素素的。

白素素人如其名，素淡文雅，五官精致，长长的睫毛卷曲着，像一排小小的丛林。短发中分，自然而然地垂到肩上。衣着看上去闲适随意，实际上都是精心挑选搭配的，虽不是什么名牌，但唯其如此，才见功力。

白色的麻纺坎袖衫，收腰，宽摆，摆边有镂空的同色花饰，深蓝色的亚麻宽脚长裤，宽大得不成体统，一条同质的腰带束腰，在侧面打了个结，愈发衬托出白素素的高挑、骨感、飘逸，仿佛碧荷出水。

这身装扮，弄不好就会被衣服喧宾夺主，可是白素素却是人衣合一，自然天成，身上有一种不食人间烟火的气质。

江一泓想逃，可是却怎么都挪不动脚，当年上学那会儿，也不见她怎么漂亮，怎么现在就出落得这么美？美得这般“咄咄逼人”！他心慌，气短，窒息，鼻尖出汗，肌肤上甚至有了痒痒的感觉，他想挠几下，可是又恐失了体统，所以站在那里发呆，看着白素素像莲花一样飘过来，他吓得夺路而逃，转身加入一帮聊得热火朝天的同学当中……

老话说，士别三日，当刮目相看，更何况这些分别了好几年的同学，有的当了官，说话的底气自然就不一样了，气宇轩昂，春风得意；有的发了财，神情飞扬，动不动就拿钱砸人；也有像他这样的同学，没有大成也没有小成，甚至身边连个女朋友都没有的，一个人安安静静地过着不咸不淡的日子。

江一泓插不上嘴，人家聊得热热闹闹，他愈发清醒和孤单，正琢磨着找个什么样的理由和借口开溜，一转头，就看见白素素那张五官精致的脸，他吓得一哆嗦，礼节性地笑笑说：“你越来越漂亮了，有什么灵丹妙药？”要说江一泓，恭维女人还是很有一套，可惜白素素根本不买账，盯着他的眼睛，咄咄逼人地问他：“你怕什么？看见我你逃什么？怕我吃了你？怕我把你拐带坏了？”

现在这世道，女人都不装了，白素素那么雅致清淡的女子，说起话来却是这么直接，这令江一泓措手不及，他耐着性子跟她掰扯：“我不是怕你，也不是想逃，我只是忘了你叫什么名字，怕难堪所以才……”

这个理由，白素素当然不能满意，她说：“你敢跟我去喝杯咖啡吗？你不会说不吧？”

江一泓有心想说不，可是说不出口，被白素素押上了她的“甲壳虫”，绝尘而去。

二

当年，江一泓也曾疯狂过，抱着吉他在女生楼下唱情歌，他喜欢的女生只是对他抛下一个笑靥，他便像醉了酒似的，心花怒放，去图书馆占座，大热天，买了冰，双手捧着送给那个女生，只为博得那个校花级的美女一笑。恋也恋了，爱也爱了，傻事也做过很多，大学毕业，校花美女跟着一个能帮他出国的男生飞了，从此再没见过，留下他，一个人消化内伤。

抛开当年的糗事不提，毕业后，性情不再那么激扬浮躁的江一泓，和一个长得有点儿像徐静蕾的美女恋上了，两个人，你情我愿，情话说了一火车，但有一天，两人约会时，结果他被这个长得有点儿像徐静蕾的美女的前男友一顿揍，鼻子也流血了，眼睛也肿了，这些都不能使他疼痛，最让他疼痛的，是那个美丽的女友说：“你当我愿意理他啊？是他老黏着我！”

江一泓彻底被伤着了，有一段时间，老觉得胸口发闷，隐隐作痛。下一任美女女朋友，是一个很物质的女孩，今天看中一条手链，明天看中一条裙子，把他当银行卡，天天找他取钱，他什么都没说，自己主动消失了。

要美女做女朋友，那是要付出代价的，一条裙子九千多块，拜托用脚指头想想，那是供人欣赏的，不是用来穿的。别说没那么多钱，就是有那么多的钱，也不能让她来烧。

美丽的女友，美则美矣，但是却有毒，说出来的话就更不中听了，她从鼻子里哼了一声，不屑地说：“你只配去乡下找个柴火妞，再种上二亩田，养两头猪，养三只鹅，陪伴你度过余生算了，找什么美女啊？没事找事型的。”

江一泓真的被伤着了，从此落下个病根，看见美女就身不由己地心慌气短，窒息憋闷，双腿发抖，下意识地想逃。

所以，当他遇到白素素的时候，只是旧疾发作，本能的反应而已，而白素素却当他目中无人，不把她放在眼里，发誓不把他拿下不罢休。

她对着镜子左照右照，自己问自己："跑什么跑？我就这么没有魅力吗？"

答案当然没有人告诉她。

三

白素素对江一泓真的动了心思，江一泓出差，她会出其不意地出现在他面前，就想给他一个惊喜；江一泓过生日，她会千挑万选，选一个他会喜欢的礼物送给他，只为博他一笑；江一泓不在家的时候，她会像田螺姑娘下凡，给他做一桌子好吃的。凡此种种，白素素做过很多，朋友们都说她傻，问她："你图他什么啊？他钱没有你赚得多，人又很木讷，对你又不是十分上心，你何苦呢？"

对于朋友们的关心，白素素向来只是笑，说："这你们就不懂了，这年头到哪里找一个这么真实，这么老土，这么不贪慕虚荣的人？你们都当他是沙子，我却当他是钻石。"

江一泓在一所二流的大学里教书，平常骑自行车上下班，过着与世无争的日子，加上被美女伤过那么两次，性情愈发内敛了，他的身上有一股淡淡的忧伤的气质，像水一样把他裹得紧紧的，遇到美女，绕道而行，可是若当真不是美女，他又有那么点儿怅然若失，所以他一直单着。

白素素的话不知怎么就传到江一泓的耳朵里，他听了感动不已，唏嘘不已，他甚至暗暗想过好几回：白素素若不是生得这样美就好了，生得美当然是好事，是造物主的恩赐，可是自己真的是被美女伤怕了。

暑假来临的时候，白素素约他一起去旅行，他不肯去，孤男寡女两个人单独在一起，在漫漫的旅程中不发生点儿浪漫的故事，简直太不可思议了，除非是两个不正常的人。可是他不想和白素素纠缠不清，她美得有些不可思议，和上学那会儿判若两人，若自己不小心爱上她，那岂不是飞蛾扑火，自取灭亡？

所以当他无意识地说了一句："你若不是生得这么美就好了！"白素素以为自己听错了，这个男人除了有一点点忧伤，和别的男人并无二致，居然说了一句触犯天下男人大忌的话，男人不爱美女爱什么？难道喜欢丑女吗？

白素素很白痴地问了一句："你喜欢丑女？"

江一泓摇了摇头，但很快又点了点头。

白素素有些生气了："你到底是喜欢美女还是丑女？痛快点行吗？"

江一泓叹了口气说："从本质上，我当然喜欢美女，美的东西谁不喜欢？我只是个男人，又不是个怪物，我的思维和正常人类不相悖。可是被美女伤害的次数多了，我有了本能的惧怕，找女朋友，我只想找一个普通的女孩。"

白素素忍不住乐了："这有什么难的，你等着瞧吧！"

四

再次见到白素素，是白素素过生日，那天两个人约在餐厅见面，江一泓没有买花也没有买礼物，两手空空的就去了。男人若没有爱上你，不会为你花心思。男人一旦爱上你，他会为你绞尽脑汁，讨你欢心。

江一泓就是如此，他对白素素有本能的排斥，他害怕受伤，他害怕美女离去之后，一个人面对孤单寂寞的生活。

可是在餐厅里看到白素素，他就傻了，白素素森林一样茂盛的长睫毛没有了，双眼皮大眼睛变成了单眼皮的小眼睛，艳艳红唇变成水晶一样透明水润的嘴唇，虽说还穿着麻纱的上衣，亚麻的裤子，可是给人的感觉却大大的不同了，从前那种不食人间烟火的冷艳气质，一下子变成了温暖平和的家常小女人风格。

江一泓看着白素素，张大了嘴巴却说不出话来。太神奇了，像变魔术一样，人还是原来那个人，可是气质风格却完全变成了另外一个人，他有些惊喜地问："白素素，到底哪个才是真实的你？"

白素素的眼圈红了，她说："我从上中学那年就开始喜欢你，暗恋你，你考南方的大学我也跟着你去了，为的是能看到你，可是你的眼睛里从来没有我，你的身边从来不缺美女，一个走了，又来一个，就是没有我的位置。我伤心过，难过过，可是却不敢对你说，我努力修炼自己，从气质到外形，希望你能注意我，喜欢我，爱上我。可是到今天，我总算修炼到以气质取胜的美女段位，你却忽然不喜欢美女了。长睫毛是假的，双眼皮是用透明胶带粘的，红嘴唇是画的，今天我还原了生活中最真实的我,你不会又拒绝我吧?”

江一泓真的被感动了,这样温婉的气质,这样家常的味道,才是自己最想要的,不是吗?美女再美,可是自己伤不起,能和白素素这样真心实意爱着自己的女子牵手相恋,那是前世的缘分,上天待自己不薄了,还等什么呢?

他牵起白素素的手,结结巴巴地说:“别在这儿吃了,去我家吧?我做给你吃!”

白素素笑:“想不到转了一圈,我又回到了原地,早知道这样,当自己多好,当什么美女啊!”

骑白马的不一定是王子

一

苏婕最近的脾气很大，大得吓人，逮什么摔什么，看什么都不顺眼，饭也吃不下，觉也睡不着，苏琳拖着她去看医生，医生说她患了焦虑症。

能不焦虑吗？前几天，又一个要好的闺蜜嫁掉了，只有她，非但没有把自己嫁出去，而且连男朋友都飞了，这不是火上浇油吗？总不能一辈子寄居在苏琳家终老吧！

苏琳看着她笑，语气有些暧昧地说，我给你报了一个自驾游，出去散散心就好了，开我的车去，指不定遇到个玉树临风的白马王子或者“高富帅”什么的，你的焦虑症就不治而愈了。

医生的话，苏婕很是不屑，觉得他们都是混吃混喝的江湖郎中，可信度不高，可是苏琳的话让她有些心动，想想若是开着苏琳的坐骑，一路上游山玩水，运气好的话，趁机还可以搭上个“高富帅”的白马王子，那简直是赚大发了，还有什么不愿意的啊？

尽管心里一百个愿意，但苏婕的脸上却是淡淡的神情，她看着苏琳说，平常我借你的车开一回，你都心疼得不得了，又怕剐了，又怕碰了，宝贝得不得了，这会儿怎么舍得让我开你的爱车自驾游？别怪我没提醒你啊，我可是新手，指不定会把你的车弄成什么样，到时候你后悔得抹脖子上吊都没人管。

苏琳说，我有那么小气吗？这不是看着你吃不下睡不着心疼得吗？不用记着老姐的好，少惹我生点儿气就万事大吉了。

苏婕看着这个同父异母的姐姐，有些感动，想说两句感谢的话，却怎么都说不出口；想像小时候那样，趴在她身上撒撒娇，也做不出来，只好一转身，回房间睡觉去了。

二

去了才知道，那个自驾游，其实只有两个人，她和林雨浓，其他人都没来。

林雨浓，三十多岁的样子，有一个很诗意的名字，而且人如其名，又高又帅又斯文，一说话还脸发红，开一辆白色的宝马。苏婕有些心花怒放，真是踏破铁鞋无觅处，得来全不费工夫，都说利令智昏，怎知色也令智昏啊，凭空逮着一个骑白马的王子，怎么能不高兴得昏过去？

苏婕打第一眼看到林雨浓起，就动起了小心思，琢磨着怎么把这盘美味又营养的菜吃下去，而且不着痕迹。

两个人一路向北，往草原的方向开去。

一路上，苏婕没少使鬼心眼折腾人家，趁机拉近距离，先是车坏了，半路抛锚，苏婕以为，这下好了，可以找个地方先住下，趁机联络一下感情，省得各自憋在自己的车里，连话都搭不上。

苏婕愁眉不展，说，要不要先找个修理工？林雨浓说，要不让我先试试吧，我若弄不好，再找修理工也不迟。

这个家伙看上去挺斯文，可是修起车来很内行，三下两下，车就修好了，苏婕的计划成了泡影，恨得她直跺脚，这家伙白长了一副好皮囊，却半点儿不解风情，看来是智商不高，情商也不高，要不是看在“高富帅”的面子上，只怕自己早就拂袖而去了。

倒是后来，苏婕严重水土不服，这回是真的，不是装的，她身上起满了小红疹子，痒得厉害，不得已在当地住下。

林雨浓带她去看医生，打点滴，陪她说话聊天，又温柔又体贴，给她讲了很多小时候的趣事，逗得苏婕很开心。

苏琳打电话来时，林雨浓正讲小时候被女生捉弄的情节，老姐说，小婕，玩得开心吗？苏婕说，天机不可泄露，回家再告诉你。

三

浪漫的草原之旅，刚刚开始了三天，因为苏婕的水土不服，只好忍痛割爱，鸣金收兵，打道回府。苏婕心中不是没有遗憾，可是却也不敢拿小命开玩笑。

苏琳坐在沙发上看苏婕带回来的那些小物件，她笑，说，小婕，这次回来，你好像有点儿不大一样啊！焦虑症好了吗？苏婕也笑，说，早痊愈了。苏琳问她，什么药这么灵啊？当真遇到白马王子了？苏婕很花痴地说，这人又高又帅，而且开着白色的宝马，可不是白马王子吗？

这回轮到苏琳傻眼了，她说，你对林雨浓的印象很好？苏婕怔了一下，问她，你怎么知道他叫林雨浓？苏琳说，我给你报名的时候，看了一眼他的资料。

苏婕是个很现实的女孩，她不想过了三十岁还没有把自己嫁掉，也不能赖在老姐苏琳这儿一辈子，所以她打起了十二分的精神，能嫁个“高富帅”的白马王子当然好，所以她主动给林雨浓打电话，由头是答谢他草原之旅的救命之恩，请他吃顿饭还是很有必要的。

林雨浓推辞说，太夸张了，不过是举手之劳，换了别的“驴友”也会出手相救的。可是苏婕言辞恳切真诚，林雨浓最终还是来了。

这回轮到苏婕大跌眼镜，林雨浓高当然还是那么高，帅当然也还是那么帅，都没有缩水，但唯一能证实他身价的“宝马”换成了自行车，他拍了拍他的坐骑，自嘲地笑，我的“毛驴”还不错吧？既环保又健康。

苏婕只当他是在考验自己，忙说，其实我也不喜欢开车，我也喜欢骑自行车上下班，低碳环保，有益健康。

都市女子有的小心机小虚荣，苏婕都有，她只是怕哪天不小心被林雨浓撞破，她既不是都市白领，也没有自己的车，只是寄居在姐姐家里的一个小女子罢了，只是一个小小的酒店前台接待员，看惯了衣香鬓影，看惯了奢华富丽，却没有一样属于自己的小女子。

四

林雨浓似乎在考验苏婕，现在的都市女子，多数拜金，这也怪不得林雨浓，谁想找个只爱自己的钱不爱自己的人的女人做老婆呢？苏婕倒是很体谅他的做法，所以也积极地配合他，并不点破。

这位雨浓王子，吃饭专拣花不了多少钱的小馆子去，而且每次都骑着他的“驴”，而不是开着他的“马”，吃完饭，账单看得尤其仔细。有一次，服务员少找了他几块钱，他不依不饶地找人要，苏婕一度很怀疑，哪有这样的王子？又穷又潦倒，锱铢必较。

林雨浓却振振有词，创业阶段，我们没有资格挥霍和浪费。苏婕觉得自己的运气太好了，捡到了金元宝一样，打着灯笼才能找到这么一位又低调又自律的王子，最难得的是，都开得起宝马了，还那么不张扬，孺子可教。

苏婕为了得到林雨浓的垂青，有如孔雀开屏一般，把自己会的十八般武艺全都展示出来，温柔、妩媚、娴静、淑雅，进得厨房煎炒烹炸，进得厅堂演绎茶道插花，甚至还能弹几下子钢琴，把个林雨浓弄得眼花缭乱，应接不暇，只叹自己哪辈子修来的福分，能有这样十八般武艺样样不在话下的女子向自己示好。

认识半年之后，林雨浓趁热打铁，跑去珠宝店，买了一枚戒指向苏婕求婚。

打开锦盒的瞬间，苏婕就傻掉了，她以为，那粒钻即便没有馒头那么大，至少也该有绿豆那么大，可是，戒指上光光如也，并没有镶钻。苏婕的脸上挂不住了，哪有这样考验人的啊？求婚也不买颗钻戒？

苏婕说，林雨浓，不是我不想答应你的求婚，你开得起宝马，却送不起一枚钻戒，我认为你这是轻视我。林雨浓的脸红了，他说，我以为你早知道了，那宝马是别人的啊，我只有一辆“毛驴”啊……

五

真是应了那句话，骑白马的不一定都是王子，王子也不一定都骑白马。苏婕发现自己上当受骗的时候，为时已晚，因为她已经在不知不觉中真的爱上了林雨浓。

苏婕的焦虑症又犯了，看什么都碍眼，饭也吃不下，觉也睡不着，人很快就瘦了一圈。苏琳说，你犯什么傻啊？林雨浓那小伙子人不错，虽然没有什么宝马，可是他自己创业，开了一家修车行，事业刚刚上轨道，人又勤奋又能干，而且不浮躁，你要是犯傻，过了这村可没这店了。

不说这话还好，一说这话，苏婕把目光转向了苏琳，她冷笑，怪不得他三下两下就把我的车修好了，怪不得他能借到宝马，原来都是有前提的啊！敢情你们什么都知道，就看我一个人像傻子似的本色演出呢？

苏琳说，你当是天上掉下来的白马王子啊？哪有那么好的事儿？那次自驾游是我给你安排的相亲会，所有的事情都是你一个人的想当然，谁也没有骗你。林雨浓除了没有宝马，人家可是又高又帅，这个可是货真价实的吧？而且人家也知道你只是一个酒店里的小服务员，人家没有嫌弃你吧……

两个人争论不休的时候，林雨浓骑着他的"毛驴"出现在楼下，他仰着脸冲楼上狂喊，苏婕，你嫁给我吧！我给你买钻戒了！

声音大得整幢楼都能听到，苏婕赌气捂住耳朵不理他，他就没完没了地在楼下扯着嗓子狂喊，苏婕，你嫁给我吧！我给你买钻戒了！

真要命，雷死人不偿命啊？哪有这样求婚的？把全楼的人都叫来围观，苏婕无奈只好奔楼下跑去……

三枝玫瑰的前世今生

一般人手里都存不住钱，有了点儿钱就想换成看得见摸得着的实实在在的东西，小美也不例外。在恒通贸易公司做的时候，手里存了一点儿钱，于是把手里的钱换成了看得见摸得着的两室两厅，结构好，采光好，侧面毗邻一个小小的人工湖，从窗口看出去，风光优美。朋友和同学去她家开派对，啧啧称赞她能干，这么年轻就买了房，她听了就有些飘飘然的意思。

收拾新居的时候，小美意外发现屋角有一只七彩的玻璃球，她拿在手里把玩，不小心掉在地上摔碎了，看起来晶莹剔透的玻璃球，那么轻易就碎了，很多的碎片，亮晶晶的一地，阳光照在碎片上，反射出来的光束刺得她眼睛生疼，然后意识就停顿下来……

那天晚上，她是派对的主人，穿着漂亮的黑色低胸裙，在朋友中间应酬。同学和朋友自然也很年轻，年轻人聚在一起自然会很疯，喝了香槟又喝红酒，然后唱歌、讲一些荤段子和笑话。

她也喝得有些多了，脚步踉跄在厅里走了一圈，忽然看见角落里有一个年轻人，独自在喝酒，随意地穿着铁灰色的棉布裤子，灰色的高领毛衣，很忧郁的样子。她觉得有些面生，一时想不起他是谁。分花拂柳穿过人群，走到他面前说，晚上好！他抬起头来看小美，他的眼睛像一潭清冷的湖水，看她的时候有丝丝的凉意。小美不禁打了个寒战，问他，你是谁？

我是李易。你不记得我了？我是你小学时的同学。

她拍着脑袋，佯装恍然想起的样子，只是不想让他觉得太难堪。其实她什么也想不起来。

午夜过后，很多人都散去了，留下一片狼藉的客厅，李易却并不曾走。灯影之下他从怀里变戏法似的掏出一枝玫瑰，递到小美的眼前说，送给你的。

小美接过来惊喜地问，哪里来的。

李易说，我前世就采到这枝玫瑰，想送给你，却一直不曾找到你。

小美当他说笑话，于是调侃道，我们前世就认识吗？

当然，有一回发大水把我们冲散了，从此我再没有找到你。今晚，我在那么多人中见到你，所以我来了，你跟我一起走吧。

去哪里？

他说，去很远的地方。

你真幽默。小美笑。

第二天晚上，小美在睡梦中隐约听到敲门声，起床开门一看，竟是昨夜的李易。她惊讶地问道，你怎么来了？

我正好从你楼下经过，上来看看你。他说着又从口袋里掏出一枝玫瑰递给她。

她接过玫瑰深深地嗅了一下，浓郁的香味沁人肺腑，她把这枝玫瑰顺手插到昨天夜里插玫瑰的瓶子里。玫瑰的花瓣是浓重的血红色，晶莹欲滴。

男人轻轻地把她搂在怀里，小美感觉到他的手冰冷冰冷的，像一块冰在肌肤上滑过。她不想这样的，但却像受到蛊惑一般身不由己，绵软无力。男人低下头深深地吻她，她感到一阵阵晕眩。她和他整整缠绵了一宿，天亮时她醒来，迷迷糊糊地伸手摸了一把身边，却是空空如也，她一下子爬起来，使劲揉了一下眼睛，真的没人。小美觉得自己有些可笑，只和李易见了一面，便梦到和他亲近，自己是不是疯了？

小美简单收拾了一下去上班，穿过家门口的林荫道，然后才是繁华的街道，在一家小店里吃了一碗豆腐花。因为常常在这里吃早点，所以跟老板娘很熟了。老板娘一边在围裙上擦着湿手，一边说，这两天怎么没来吃早点？

小美笑，这两天我在家里睡懒觉，没上班。

老板娘说，不知道吧？这两天发生了一件大事，就在咱这街口，一辆出租车疯了一样地跑，撞了一个小伙子。小伙子当时就不行了，送到了医院。

小美低着头喝着豆腐花，漫不经心地问她，有这事？心里却不以为然，有什么可大惊小怪的，这些马路杀手，哪天还不制造点儿新闻？

老板娘惋惜地说，听说小伙子就住在离咱这不远的前街，听人说他叫李易。

小美一口豆花没有咽下去，喷了出来，呛得一个劲地咳嗽，半天才说，你说他叫什么？

老板娘递过来一张纸巾说，听人说他叫李易。

小美有些心神恍惚，他也叫李易？

怎么，你认识他？

小美连忙摇头说，不、不，我不认识。她装作随便的样子问她，你知道他住在哪家医院？

老板娘说，就住在三院。

小美并没有去上班，打了一辆出租车直奔三院。到了医院，直奔护士台，问护士小姐，请问前两天出车祸的小伙子住在哪间病房？

一个年轻的护士说住在407。

她奔着病房就去了，病房里恰好没人，她站在门口远远地望着3号床上一个年轻的男人，已经气若游丝，鼻子上插着氧气管，不看则已，一看不由得大惊失色，那男人露在被子外的裤脚正是铁锈灰的棉布裤子，上身一件灰色的毛衣，与她在自己家中遇见的男人是一样的穿戴，一样秀气的面孔。

小美仓皇地逃出医院，踉踉跄跄地往家里跑去。她忘记坐车，累得气喘吁吁，一双绵羊皮的短靴也跑掉了后跟。

回到家里，想到这两天晚上莫名其妙的梦魇一般的情景，不禁瑟缩在床角上发抖。忽然想到今天晚上，如果李易再来怎么办，本想一走了之，可是离开这个家，又能去哪里呢？父母都在外地，自己一个人孤零零地漂在这个城市里，能去哪儿呢？又一想：是福不是祸，是祸躲不过。他都能找到这儿来，那我跑到别的地方他也一样能找到。看来他并没有伤害自己的意思。这样一想，反而感到安慰，坦然地坐在厅里等候他的到来。

北方秋天的夜晚，是那种伸手不见五指的黑，夜愈发显得清冷无边。小美正胡思乱想着，李易推门进来了，伸手从口袋里掏出一枝玫瑰递给小美说，你今天去看我了？那又何必呢？

小美说不出话来。

李易又说，我前世就认识你，我找你找得好辛苦，我终于找到你了，可是我们又将错开今生。我要走了，再不看看你，就没有机会了。

小美看他的脸，没有半分的血色，但很真诚，怯声问他，你要去哪里？

他说去很远、很远的地方，可惜不能带上你。他这样说着，声音就越来越远。

小美坐在沙发上，觉得自己像做了一个梦似的，回头看了一眼瓶子里的三枝玫瑰，花瓣竟然变得惨白，没有一点颜色。

隔天，她去老板娘那儿吃早点，老板娘神秘兮兮地说，听说李易是前天晚上咽气的，他好像有什么没了的心事，不肯咽下最后一口气，所以很痛苦。真是可怜呢。

小美不语，心中想道，是了，那晚他就是和我道别的。

小美是在朋友们一片呼喊声中醒过来的，朋友灌她凉水，掐她人中，好不容易把她弄醒，说她可能是中暑晕过去了，她只是傻笑。本想把刚才昏迷中的事情讲给朋友听，可是又怕大家不信，只好作罢！

小美伸开手，手心里还握着一块玻璃球的碎片，在她的掌心里，它被阳光一照，折射出七彩的光。